Tucholsky Wagner Zola Scott Sydow Freud Schlegel
Turgenev Wallace Fonatne
Twain Walther von der Vogelweide Fouqué Friedrich II. von Preußen
Weber Freiligrath Frey
Fechner Fichte Weiße Rose von Fallersleben Kant Ernst Frommel
Richthofen
Hölderlin
Engels Fielding Eichendorff Tacitus Dumas
Fehrs Faber Flaubert
Maximilian I. von Habsburg Fock Eliasberg Ebner Eschenbach
Feuerbach Ewald Eliot Zweig
Goethe Elisabeth von Österreich London Vergil
Mendelssohn Balzac Shakespeare Dostojewski Ganghofer
Trackl Lichtenberg Rathenau Doyle Gjellerup
Stevenson Hambruch
Mommsen Tolstoi Lenz Droste-Hülshoff
Thoma Hanrieder
Dach Verne von Arnim Hägele Hauff Humboldt
Karrillon Reuter Rousseau Hagen Hauptmann Gautier
Garschin
Defoe Baudelaire
Damaschke Descartes Hebbel
Hegel Kussmaul Herder
Wolfram von Eschenbach Dickens Schopenhauer
Darwin Melville Grimm Jerome Rilke George
Bronner Campe Horváth Aristoteles Bebel Proust
Bismarck Vigny Barlach Voltaire Federer Herodot
Gengenbach Heine
Storm Casanova Lessing Tersteegen Gilm Grillparzer Georgy
Chamberlain Langbein Gryphius
Brentano Lafontaine
Strachwitz Claudius Schiller Schilling Kralik Iffland Sokrates
Katharina II. von Rußland Bellamy Gerstäcker Raabe Gibbon Tschechow
Löns Hesse Hoffmann Gogol Wilde Vulpius
Luther Heym Hofmannsthal Klee Hölty Morgenstern Gleim
Roth Heyse Klopstock Kleist Goedicke
Luxemburg Puschkin Homer Mörike Musil
La Roche Horaz
Machiavelli Kierkegaard Kraft Kraus
Navarra Aurel Musset Lamprecht Kind Hugo Moltke
Nestroy Marie de France Kirchhoff
Laotse Ipsen Liebknecht
Nietzsche Nansen
Marx Lassalle Gorki Klett Leibniz Ringelnatz
von Ossietzky May vom Stein Lawrence Irving
Petalozzi Knigge
Platon Pückler Michelangelo Kock Kafka
Sachs Poe Liebermann Korolenko
de Sade Praetorius Mistral Zetkin

Der Verlag tradition aus Hamburg veröffentlicht in der Reihe **TREDITION CLASSICS**
Werke aus mehr als zwei Jahrtausenden. Diese waren zu einem Großteil vergriffen
oder nur noch antiquarisch erhältlich.

Symbolfigur für **TREDITION CLASSICS** ist Johannes Gutenberg (1400 — 1468),
der Erfinder des Buchdrucks mit Metalllettern und der Druckerpresse.

Mit der Buchreihe **TREDITION CLASSICS** verfolgt tradition das Ziel, tausende
Klassiker der Weltliteratur verschiedener Sprachen wieder als gedruckte Bücher
aufzulegen – und das weltweit!

Die Buchreihe dient zur Bewahrung der Literatur und Förderung der Kultur.
Sie trägt so dazu bei, dass viele tausend Werke nicht in Vergessenheit geraten.

Des Rajahs Diamant

Robert Louis Stevenson

Impressum

Autor: Robert Louis Stevenson
Übersetzung: Max Pannwitz
Umschlagkonzept: toepferschumann, Berlin

Verlag: tradition GmbH, Hamburg
ISBN: 978-3-8472-3602-3
Printed in Germany

Des Rajahs Diamant
Der Selbstmordklub

Erzählungen

von

Robert Louis Stevenson

Leipzig / Hesse & Becker Verlag

Erstes Kapitel

Frau von Vandeleurs Privatsekretär

Harry Hartley hatte bis zu seinem sechzehnten Lebensjahre die Ausbildung eines Gentlemans genossen. Da er aber eine ganz entschiedene Abneigung gegen das Studium bekundete und seine schwache Mutter ihm in allem seinen Willen ließ, so hinderte ihn, als er die berühmte Erziehungsanstalt zu Eaton verlassen hatte, nichts daran, seine Zeit einzig der Vervollkommnung in rein äußerlichen, zum feinen Ton gehörigen Künsten und Fertigkeiten zu widmen. Zwei Jahre später starb seine Mutter und ließ ihn fast als Bettler und einen zu jeder praktischen Tätigkeit ungeeigneten Menschen zurück.

Von der gütigen Mutter Natur mit dem denkbar bestechendsten Äußern ausgestattet, mußte er mit seinem blonden Haar und seinem zarten Teint, mit den Taubenaugen und dem gewinnenden Lächeln jedem gefallen, und dieser gewinnenden äußeren Erscheinung in Verbindung mit einem glücklichen Zufall hatte er es auch zu verdanken, daß er bald die Stellung als Privatsekretär bei dem Generalmajor Sir Thomas Vandeleur erhielt, einem polternden, eingebildeten und anmaßenden Manne von sechzig Jahren. Aus irgendeinem Grunde und für einen Dienst, über dessen Natur gewisse Gerüchte im Umlauf blieben, hatte der Rajah von Kaschgar diesem Offizier den sechstgrößten von den bekannten Diamanten der Welt zum Geschenk gemacht. Dadurch wurde General Vandeleur aus einem armen ein reicher Mann, aus einem unbekannten und unbeliebten Soldaten ein Löwe der Londoner Gesellschaft; denn der Besitzer des Diamanten des Rajahs war in den feinsten Kreisen willkommen. Auch zeigte sich eine junge, schöne und vornehme Dame geneigt, selbst um den Preis einer Heirat mit Sir Thomas Vandeleur in den Besitz des Diamanten zu gelangen. Man konnte damals öfters die Äußerung hören, gleich und gleich geselle sich gern, so habe ein Diamant den andern angezogen; jedenfalls war Frau Vandeleur nicht nur für ihre Person ein Edelstein vom reinsten Wasser, sondern sie zeigte sich der Welt auch in einer äußerst kostbaren Fassung und galt bei vielen Sachverständigen als eine der drei oder vier ersten Herrscherinnen im Reiche der Mode.

Harrys Pflichten als Sekretär waren nicht sonderlich drückend, aber er hatte eine Abneigung gegen fortgesetztes Arbeiten, es war ihm unangenehm, seine Finger mit Tinte zu beflecken, und die Reize der gnädigen Frau und ihrer Toiletten zogen ihn oft aus dem Arbeitszimmer in den Damensalon. Hier war er der liebenswürdigste Gesellschafter und unterhielt sich über Modesachen mit ebensoviel Eifer wie Verständnis, denn er fühlte sich am wohlsten, wenn er seine Ansicht über die passendste Bandfarbe zum besten geben oder einen Auftrag bei der Putzmacherin besorgen konnte. Kurz, Sir Thomas' Korrespondenz kam immer mehr in Rückstand, und die gnädige Frau verfügte über eine Kammerfrau mehr.

Schließlich sprang eines schönen Tages der General, der nichts weniger als übermäßig geduldig war, in einem Wutanfalle von seinem Sitze empor und eröffnete mit einer unzweideutigen Fußbewegung, wie sie unter Gentlemen selten vorkommt, seinem Sekretär, daß er seiner Dienste ferner nicht bedürfe. Da die Tür unglücklicherweise offenstand, so flog Herr Hartley kopfüber die Treppe hinunter.

Mit einigen Beulen am Kopf und mit schwerem Kummer im Herzen raffte er sich auf. Das Leben im Hause des Generals hatte ihm gerade gepaßt; er bewegte sich dort, wenn auch mehr oder minder auf zweifelhaftem Fuße, in der besten Gesellschaft, er arbeitete wenig, speiste aufs beste und erfreute sich einer lauwarmen Behandlung seitens der gnädigen Frau, der er in seinem Herzen einen weit anspruchsvolleren Namen beilegte.

Unmittelbar nach der unsanften Berührung mit dem Soldatenstiefel schlich Harry in den Damensalon und machte seinem bekümmerten Herzen Luft.

»Sie wissen ja, mein lieber Harry,« erwiderte Frau von Vandeleur, die ihn wie ein Kind oder einen Dienstboten bei seinem Vornamen nannte, »daß Sie niemals tun, was der General Sie tun heißt. Ich tue es ebensowenig, werden Sie vielleicht sagen. Aber das ist etwas anderes. Eine Frau kann ein ganzes Jahr voll Ungehorsam durch ein einziges Nachgeben zur rechten Zeit wieder gutmachen, und überdies ist niemand mit seinem Privatsekretär verheiratet. Mir wird es sehr leid sein, Sie zu verlieren; da Sie aber in einem Hause, wo man Sie so schmählich behandelt hat, nicht länger bleiben können, so wünsche ich Ihnen fernerhin alles Gute und verspreche Ihnen, daß der General für sein Betragen büßen soll.«

Harry konnte sich nicht länger halten, die Tränen schossen ihm in die Augen, und er blickte Frau von Vandeleur mit zartem Vorwurf an.

»Gnädige Frau,« sagte er, »was heißt schmähliche Behandlung? Es müßte nach meinem Dafürhalten ein kleinlicher Mensch sein, der sich über dergleichen nicht ohne weiteres hinwegsetzen könnte. Aber seine Freunde zu verlassen, die Bande der Zuneigung zu zerreißen –«

Er konnte vor Erregung nicht zu Ende sprechen und begann zu schluchzen.

Frau von Vandeleur blickte ihn mit sonderbarem Ausdruck an.

Dieser kleine Narr, dachte sie, will in mich verliebt sein. Warum sollte er übrigens nicht mein Bedienter werden so gut, wie er in Diensten des Generals stand? Er ist gutartig, angenehm und versteht sich auf Toilettenfragen. Er ist unbedingt zu hübsch, um ihm den Laufpaß zu geben.

Noch an demselben Abend sprach sie darüber mit dem General, der sich bereits ein wenig schämte, sich so weit haben fortreißen zu lassen. Harry wurde der weiblichen Dienerschaft zugeteilt und führte ein Leben fast wie im Himmel. Sein Anzug war ausnehmend zierlich, sein Knopfloch schmückten zarte Blumen, und er verstand es, den Besuch mit Takt und Anstand hübsch zu unterhalten. Er setzte seinen Stolz darein, einer schönen Frau zu dienen, nahm Frau von Vandeleurs Befehle wie ebenso viele Gunstbezeigungen entgegen und gefiel sich vor andern Männern, die nur Spott und Verachtung für ihn hatten, in der Rolle einer männlichen Kammerfrau und Putzmamsell. Auch erschien ihm seine Stellung vom moralischen Standpunkte aus im schönsten Lichte. Die Verderbtheit war in seinen Augen wesentlich eine Eigenschaft des männlichen Geschlechts, und sein Leben bei einer zarten Frau zu verbringen und sich vornehmlich mit Modefragen zu beschäftigen, bedeutete für ihn so viel als mitten in den Stürmen des Lebens auf einer Zauberinsel zu wohnen.

Eines Morgens kam er ins Empfangszimmer und ordnete die Noten auf dem Pianino. Am andern Ende des Zimmers befand sich Frau von Vandeleur in eifrigem Gespräch mit ihrem Bruder Karl Pendragon, einem älteren, durch Ausschweifungen stark mitgenommenen und mit einem Fuße lahmenden Manne. Der Privatsekretär, dessen Eintritt die beiden nicht beachteten, war notgedrungen Ohrenzeuge der letzten Worte ihrer Unterhaltung.

»Heute oder niemals,« sagte die Dame. »Ein für allemal, heute soll es geschehen.«

»Heute, wenn es sein muß,« erwiderte der Bruder seufzend. »Aber es ist ein falscher, ein verderbenbringender Schritt, Klara, und wir werden ihn noch schrecklich zu bereuen haben. Doch du warst immer klüger als ich, und meine Hilfe soll dir nicht fehlen. Übrigens hätte ich mich lieber nicht sollen sehen lassen,« fuhr er fort. »Meine Rolle ist mir völlig klar, und ich werde die zahme Katze im Auge behalten.«

»Tue es,« erwiderte sie. »Er ist ein widerwärtiger Mensch und könnte alles verderben.«

Sie warf ihm mit zierlicher Bewegung eine Kußhand zu, und der Bruder verließ das Haus durch den Damensalon und über die Hintertreppe.

»Harry,« sagte Frau von Vandeleur und wandte sich dem Sekretär zu, »ich habe heute morgen einen Auftrag für Sie. Sie sollen aber eine Droschke nehmen, ich kann nicht zulassen, daß mein Sekretär Sommersprossen bekommt.«

Die letzten Worte sprach sie mit Nachdruck und begleitete sie mit einem Blicke voll mütterlichen Stolzes, der dem armen Harry außerordentlich wohl tat, so daß er sich für glücklich erklärte, in ihrem Dienste tätig sein zu können.

»Der heutige Auftrag gehört auch zu unsern Geheimnissen,« fuhr sie fort, »und kein Mensch darf etwas davon wissen als mein Sekretär und ich. Der General würde greulich dazwischenfahren, und wenn Sie nur wüßten, wie entsetzlich mir diese Auftritte sind! O Harry, Harry, können Sie mir sagen, was euch Männer so heftig und ungerecht macht? Doch wie können Sie das! Weiß ich doch, daß Sie der einzige Mann auf der Welt sind, der von diesen schändlichen Leidenschaften frei ist! Sie sind so gut, Harry, und so lieb. Sie wenigstens können der Freund einer Frau sein, und wissen Sie? Mir scheint's, die andern kommen mir bei dem Vergleich mit Ihnen nur noch um so häßlicher vor!«

»Sie, gnädige Frau, Sie sind so gütig zu mir,« sagte Harry ritterlich. »Sie handeln gegen mich wie –«

»Wie eine Mutter,« unterbrach ihn Frau von Vandeleur. »Ich will Ihnen eine Mutter sein. Oder wenigstens,« verbesserte sie sich lächelnd, »fast eine Mutter. Ich bin zu jung, um in Wahrheit Ihre Mutter zu sein. Lassen Sie mich sagen – eine Freundin, eine teure Freundin.«

Sie machte eine Pause, lang genug, um ihre Worte auf Harrys gefühlvolles Herz wirken zu lassen, aber nicht lang genug, als daß er hätte antworten können.

»Doch, um auf Ihren Auftrag zurückzukommen,« fing sie wieder an, »Sie finden links im eichenen Kleiderschranke eine Putzschachtel unter dem rosa Rock, den ich letzten Mittwoch mit meinem Spitzenüberwurf trug. Bringen Sie die Schachtel sofort an diese Adresse,« und sie gab ihm hierbei ein Stück Papier, »aber lassen Sie sie unter keinen Umständen aus den Händen, ehe Sie eine von meiner Hand geschriebene Quittung erhalten. Verstehen Sie mich? Antworten Sie, bitte, antworten Sie! Es ist außerordentlich wichtig, und ich muß Sie um rechte Aufmerksamkeit ersuchen.«

Harry beruhigte sie, indem er ihre Weisung ganz richtig wiederholte, und sie wollte noch etwas hinzufügen, als der General Vandeleur, hochrot vor Zorn und eine lange Putzmacherrechnung in der Hand haltend, hereinstürzte.

»Wollen Sie sich einmal dies ansehen?« schrie er. »Wollen Sie gefälligst diese Rechnung ansehen? Ich weiß recht gut, daß Sie mich nur um des Geldes willen geheiratet haben, und ich hoffe, ich kann Ihnen so viel bieten wie irgendeiner meiner Kameraden, aber, so wahr mich Gott gemacht hat, ich will dieser schändlichen Verschwendung ein Ziel setzen.«

»Herr Hartley,« sagte Frau von Vandeleur, »ich denke, Sie wissen, was Sie zu tun haben. Wollen Sie, bitte, sofort an die Ausführung gehen!«

»Halt,« sagte der General zu Harry, »ein Wort, ehe Sie gehen.« Und er fuhr, sich wieder an seine Frau wendend, fort: »Wohin soll dieser kostbare junge Mann? Ich traue ihm keinen Deut mehr als Ihnen, muß ich Ihnen sagen. Wenn er einen Funken Ehrgefühl besäße, würde er in diesem Hause keinen Augenblick mehr verweilen, und was er für seinen Lohn leistet, das ist für alle Welt ein Geheimnis. Wohin soll er, und warum senden Sie ihn so eilig fort?«

»Ich war der Meinung, Sie hätten mir etwas unter vier Augen zu sagen,« versetzte Frau von Vandeleur.

»Sie sprachen von einem Auftrag für ihn,« erwiderte der General hartnäckig. »Versuchen Sie bei meiner augenblicklichen Stimmung nicht, mich zu hintergehen. Sie sprachen jedenfalls von einem Auftrag, den er ausführen sollte.«

»Wenn Sie durchaus Ihre Dienerschaft zu Zeugen unserer beklagenswerten Zwistigkeiten machen wollen,« antwortete Frau von Vandeleur, »so würde ich in der Tat besser tun, Herrn Hartley zum Sitzen einzuladen. Nein?« fuhr sie fort; »nun, dann können Sie gehen, Herr Hartley, ich verlasse mich darauf, Sie denken an alles, was Sie hier gehört haben; es wird Ihr Schade nicht sein.«

Harry entfernte sich augenblicklich aus dem Empfangszimmer, und während er die Treppen hinaufging, konnte er hören, wie die Stimme des Generals sich in dröhnenden Deklamationen erging und die feinen Töne der gnädigen Frau jedem Angriff eine eisige Abwehr entgegensetzten. Wie bewundernswert erschien ihm diese Frau! Wie geschickt umging sie die Beantwortung der unangenehmen Frage! Mit welcher verblüffenden Kühnheit wiederholte sie direkt unter dem feindlichen Geschützfeuer ihren Auftrag! Und wie verabscheute er dagegen den Gatten!

Die Ereignisse des Morgens hatten für ihn nichts Neues gebracht, denn er hatte beständig geheime Aufträge der gnädigen Frau auszuführen, meist in bezug auf die Toilette. Wie ihm wohlbekannt war, ging ein drohendes Gespenst im Hause um. Die bodenlose Verschwendungssucht und die geheimen Schulden der Frau hatten schon längst ihr eigenes Vermögen aufgezehrt und drohten von Tag zu Tag mehr, das ihres Mannes zu verschlingen. Jedes Jahr trat einmal oder mehrmals der Zeitpunkt ein, wo Entdeckung und ein Zusammenbruch unvermeidlich schienen, und Harry mußte von einem Putzgeschäft zum andern laufen, alle möglichen Ausflüchte machen und kleine Abzahlungen leisten, bis die drohende Flut verebbt war und die Dame wie ihr getreuer Sekretär wieder aufatmen konnte. Denn Harry stand mit Herz und Seele in diesem Kampfe auf seiten seiner Herrin, da er nicht nur Frau von Vandeleur anbetete und ihren Gatten haßte, sondern auch seiner ganzen Anlage nach die Liebe zum Putz begünstigte.

Er fand die Putzschachtel am angegebenen Orte, machte sorgfältig Toilette und verließ das Haus. Die Sonne schien hell. Die Entfernung, die er zurückzulegen hatte, war beträchtlich, und ärgerlich dachte er daran, daß das plötzliche Erscheinen des Generals Frau von Vandeleur daran gehindert hatte, ihn mit dem nötigen Fahrgeld zu versehen. Es war sehr zu befürchten, daß sein Teint an einem so schwülen, sonnigen Tage schweren Schaden litt, und andrerseits erschien es ihm bei seiner Denkungsart fast als eine unerträgliche Herabwürdigung, mit einer Putzschachtel durch so viele Straßen Londons zu gehen. Er blieb stehen und ging bei sich zu Rate. Die Familie Vandeleur wohnte am Eaton-Platz, sein Ziel war Notting-Hill; so konnte er seinen Weg durch den Park nehmen, hübsch im Freien bleiben und die belebten Straßen vermeiden; auch dankte er seinem Stern bei dem Gedanken, daß es noch ziemlich früh am Tage sei.

Von dem lebhaften Wunsche beseelt, sein Gepäck möglichst bald loszuwerden, ging er etwas schneller als gewöhnlich, und er hatte schon ein gut Stück des Kensington-Parkes hinter sich, als er sich plötzlich an einer einsamen, mit Bäumen bestandenen Stelle dem General gegenübersah.

»Ich bitte um Entschuldigung, Sir Thomas,« flüsterte Harry, indem er höflich nach einer Seite ausbog, denn der andere versperrte ihm den geraden Weg.

»Wohin gehen Sie?« fragte der General.

»Ich gehe hier unter den Bäumen spazieren,« entgegnete der junge Mann.

Der General schlug mit seinem Stocke auf die Putzschachtel und schrie:

»Mit dem Ding da? Sie lügen, Sie wollen mich belügen!«

»Ich muß bemerken, Sir Thomas,« erwiderte Harry, »Fragen in solchem Ton bin ich nicht gewöhnt.«

»Sie verkennen Ihre Stellung,« schrie der General. »Sie sind mein Diener, und zwar ein Diener, den ich schwer im Verdacht habe. Es ist mir gar nicht unwahrscheinlich, daß Ihre Schachtel voll von silbernen Löffeln steckt.«

»Es ist ein seidener Hut von einem meiner Freunde darin,« sagte Harry.

»Gut,« versetzte General Vandeleur. »Dann möchte ich den seidenen Hut Ihres Freundes sehen. Ich interessiere mich,« setzte er mit grimmigem Lachen hinzu, »ganz besonders für Hüte, und Sie wissen, daß ich keinen Spaß verstehe.«

»Entschuldigen Sie, Sir Thomas, es ist mir außerordentlich leid,« wandte Harry ein, »aber es handelt sich hier um eine reine Privatsache.«

Der General packte ihn mit einer Hand kräftig an der Schulter, während er mit der andern seinen Spazierstock in der bedenklichsten Weise erhob. Harry gab sich schon verloren, aber im selben Augenblick sandte ihm der Himmel einen unerwarteten Verteidiger in der Person Karl Pendragons, der zwischen den Bäumen hervortrat.

»Halt, General!« rief dieser. »Wahren Sie Ihre Hand! Das ist eines Gentlemans und eines Soldaten unwürdig!«

»Aha!« schrie der General und drehte sich gegen seinen neuen Gegner herum, »Herr Pendragon! Und Sie meinen, Herr Pendragon, weil ich unglücklicherweise Ihre Schwester geheiratet habe, soll ich mich von einem Wüstling, der keinen Pfennig Kredit mehr hat, überwachen und mir meine Wege kreuzen lassen? Meine Bekanntschaft mit Ihrer Schwester hat mir jeden Wunsch genommen, noch weitere Mitglieder der Familie kennenzulernen.«

»Und bilden Sie sich ein, General,« gab Karl zurück, »weil meine Schwester das Unglück gehabt hat, Ihre Frau zu werden, sie habe damit ein für allemal alle ihre Rechte als Dame verloren? Ich räume ein, sie hat durch jenen Schritt allerdings das Menschenmögliche zur Verschlechterung ihrer Stellung getan, aber für mich ist sie auch jetzt noch eine Pendragon. Ich mache es mir zur Aufgabe, sie gegen unziemliche Übergriffe zu schützen, und wenn Sie zehnmal ihr Gatte wären, so würde ich nicht zulassen, daß man ihre Freiheit beschränkt und ihre Privatboten gewaltsam anhält.«

»Wie ist's, Herr Hartley?« fragte der General. »Herr Pendragon ist meiner Meinung, er argwöhnt ebenfalls, daß meine Frau etwas mit dem seidenen Hut Ihres Freundes zu tun hat.«

Karl sah, daß er einen unverzeihlichen Fehler begangen hatte, den er schleunigst wieder gutzumachen versuchte.

»Wie?« schrie er, »Sie sagen, ich argwöhne? Ich argwöhne gar nichts. Nur wenn ich sehe, daß einer seine Kraft mißbraucht und den Schwächeren mißhandelt, bin ich so frei, dazwischenzutreten.«

Bei diesen Worten machte er Harry ein Zeichen, das dieser aber infolge seiner Aufregung oder seiner Dummheit nicht verstand.

»Was soll ich von Ihrer Einmengung halten?« brauste Vandeleur auf, erhob noch einmal seinen Stock und führte einen Hieb nach Karls Kopf. Karl aber, der mit seinem lahmen Fuße nicht so schnell ausweichen konnte, fing den Streich mit seinem Schirm auf, rannte dann gegen seinen gefährlichen Widersacher und umfaßte ihn.

»Lauf, Harry,« rief er; »lauf, du Dummkopf!«

Harry stand einen Augenblick versteinert, wie er die beiden in heißem Ringkampf einander umschlingen sah; dann wandte er sich und gab Fersengeld. Als er noch einmal den Kopf wandte, lag der General unter Karls Knie, machte aber noch verzweifelte Anstrengungen, das Kriegsglück zu wenden; auch schien sich der vorher einsame Teil des Parkes mit Leuten gefüllt zu haben, die von allen Seiten zu dem Schauplatz des Kampfes herbeieilten. Dieser Anblick lieh dem Sekretär Flügel, und er mäßigte erst seinen Schritt, als er die Bayswaterstraße erreicht hatte und aufs Geratewohl in eine einsame Nebengasse einbog.

Lange war er, in nicht gerade angenehme Gedanken über das eben Erlebte vertieft, durch verschiedene Straßen fortgegangen, als er plötzlich an einen Vorübergehenden anstieß und so an die Putzschachtel, die er unter dem Arme trug, erinnert wurde.

»Himmel!« rief er, »wo hatte ich nur meinen Kopf, und wohin bin ich gekommen?«

Er wandte sich an den ersten Schutzmann und fragte ihn höflich nach dem Weg. Es ergab sich, daß er seinem Ziele bereits sehr nahe war, und wenige Minuten brachten ihn zu einem frischgetünchten und von peinlichster Sauberkeit zeugenden Häuschen in einer kleinen Gasse. Klopfer und Klingelzug glänzten blitzblank, blühende Blumentöpfe zierten die Fenstersimse, und kostbare Vorhänge ließen die Augen Neugieriger nicht in das Innere dringen. Das Haus kam Harry so würdig und geheimnisvoll vor, daß er noch bescheidener, als es gewöhnlich seine Art war, anklopfte und seine Stiefel mit besonderer Sorgfalt abstrich.

Ein nicht übel aussehendes Dienstmädchen öffnete sofort die Tür und schaute den Sekretär mit nichts weniger als unfreundlichen Augen an.

»Dies ist das Paket von Frau von Vandeleur,« sagte Harry.

»Ich weiß schon,« erwiderte das Mädchen kopfnickend, »aber der Herr ist nicht da, wollen Sie es hier lassen?«

»Das geht nicht,« antwortete Harry. »Ich habe die Weisung, es nur unter einer ganz bestimmten Bedingung aus den Händen zu geben, und muß Sie bitten, fürchte ich, mich hier so lange warten zu lassen, bis der Herr kommt.«

»Gut,« sagte sie, »ich denke, ich darf Sie warten lassen. Ich lebe einsam genug, kann ich Ihnen sagen, und Sie sehen auch nicht aus, als würden Sie ein Mädchen aufessen. Aber seien Sie so gut und fragen Sie nicht nach dem Namen des Herrn, denn den darf ich Ihnen nicht sagen.«

»Was Sie sagen!« rief Harry. »Wie sonderbar! Aber seit einiger Zeit bin ich von lauter Sonderbarkeiten umgeben. *Eine* Frage aber, denke Ich, kann ich tun, ohne unbescheiden zu sein: Ist er der Besitzer des Hauses?«

»Er ist nur Mieter, und zwar ein noch keine acht Tage alter,« entgegnete das Mädchen. »Und nun eine Gegenfrage: Kennen Sie Frau von Vandeleur?«

»Ich bin ihr Privatsekretär,« versetzte Harry, in bescheidenem Stolze erglühend.

»Sie ist hübsch, nicht wahr?« fuhr das Mädchen fort.

»O, schön!« rief Harry; »wunderbar lieblich und auch ebenso gut und freundlich!«

»Sie selbst sehen recht freundlich aus,« gab sie zurück, »und ich wette, Sie wiegen ein ganzes Dutzend Frau von Vandeleurs auf.«

Harry war ganz empört.

»Ich,« rief er, »ich bin nur ihr Sekretär!«

»Sagen Sie das zu mir, weil ich nur ein Dienstmädchen bin?« fragte das Mädchen, fügte aber, als sich in seinem Gesicht einige Verlegenheit und Verwirrung ausdrückte, hinzu: »Ich weiß, Sie meinen es nicht so, und Sie gefallen mir auch recht gut; aber ich denke an Ihre Frau von Vandeleur. O, diese Damen!« rief sie. »Einen wahren Gentleman wie Sie mit einer Putzschachtel fortzuschicken – am hellen Tage!«

Während dieser Unterhaltung waren sie in ihren ursprünglichen Stellungen stehengeblieben, sie auf der Türschwelle und er auf dem Bürgersteig, wegen der Schwüle mit dem Hut in der Hand und die Putzschachtel unter dem Arme haltend. Aber bei den letzten Worten wurde Harry, den so unverhüllte Schmeicheleien über sein Äußeres und die gleichzeitigen aufmunternden Blicke in Verwirrung brachten, unruhig und schaute in seiner Verlegenheit nach rechts und links. Dabei nahmen seine Augen ihre Richtung auch nach dem unteren Ende der Gasse und trafen dort zu seinem unbeschreiblichen Entsetzen auf die des Generals Vandeleur. Dieser hatte, von Hitze, Wut und Rachsucht entstellt, auf der Jagd nach seinem Schwager die Straßen durchstreift. Sobald er aber den flüchtigen Sekretär bemerkte, nahm sein Zorn ein anderes Ziel, und er kam mit heftigen Handbewegungen und lauten Verwünschungen die Gasse heraufgerannt.

Harry setzte mit einem mächtigen Sprunge in das Haus hinein, das Mädchen vor sich her schiebend, und die Tür flog dicht vor dem Verfolger ins Schloß.

»Ist der Riegel vor? Wird er halten?« fragte Harry, während draußen der Klopfer gerührt wurde, daß es durch das ganze Gebäude schallte.

»Aber was fehlt Ihnen?« fragte das Mädchen. »Ist's der alte Herr?«

»Wenn er mich kriegt,« flüsterte Harry, »bin ich so gut wie tot. Er ist heute schon den ganzen Tag hinter mir her, er hat einen Stockdegen und ist ein Offizier aus Indien.«

»Das sind nette Geschichten,« rief das Mädchen. »Und wie heißt er denn?«

»Es ist der General, mein Herr,« lautete die Erwiderung. »Er hat es auf die Putzschachtel abgesehen.«

»Hab' ich's Ihnen nicht gesagt?« rief das Mädchen triumphierend. »Ich sagte Ihnen, daß ich von Ihrer Frau von Vandeleur gar nichts halte. Und wenn Sie Augen im Kopfe hätten, so könnten Sie auch sehen, was sie Ihnen gegenüber ist. Ein undankbares Frauenzimmer, weiter nichts; darauf will ich wetten.«

Der General erneuerte seinen Sturmangriff mit dem Klopfer, und da seine Aufregung mit der Verzögerung wuchs, so bearbeitete er bald die Tür auch mit Händen und Füßen.

»Es ist ein Glück,« bemerkte das Mädchen, »daß ich allein im Hause bin; Ihr General kann hämmern, bis er 's satt ist, aufmachen wird ihm niemand! Kommen Sie!«

Damit führte sie ihn in die Küche, wo sie ihn zum Sitzen einlud und sich, indem sie ihm eine Hand auf die Schulter legte, in zärtlicher Haltung neben ihn stellte.

Das Getöse an der Tür wurde statt schwächer immer ärger, und jeder Schlag ließ den unglücklichen Sekretär bis ins Herz erbeben.

»Wie heißen Sie?« fragte das Mädchen.

»Harry Hartley,« erwiderte er.

»Und ich,« fuhr sie fort, »Prudence. Gefällt Ihnen der Name?«

»Sehr gut,« sagte Harry. »Aber hören Sie nur, wie der General gegen die Tür donnert. Er wird sie sicher einschlagen, und dann, in des Himmels Namen, ist mir der Tod gewiß.«

»Sie machen sich ganz unnötige Sorgen um nichts,« antwortete Prudence. »Lassen Sie Ihren General klopfen, er wird sich höchstens Blasen dabei holen. Glauben Sie, ich würde Sie hier behalten, wenn ich nicht sicher wäre, daß Ihnen nichts geschehen kann? O nein, ich erweise denen, die mir gefallen, eine aufrichtige Freundschaft, und wir haben auch eine Hintertür, die auf eine andere Gasse führt. Aber,« fügte sie hinzu, indem sie ihn zurückhielt, da er bei der willkommenen Nachricht sofort aufgesprungen war, »aber ich zeige Ihnen die Türe nicht, wenn Sie mir nicht einen Kuß geben.«

»O, das will ich,« rief er, sich auf seine Ritterlichkeit besinnend, »und nicht wegen der Hintertür, sondern weil Sie so hübsch und gut sind.«

Dabei verabreichte er ihr zwei oder drei feurige Küsse, die in gleicher Weise erwidert wurden.

Dann führte ihn Prudence zu der Hintertür und legte ihre Hand an den Schlüssel.

»Werden Sie wiederkommen und mich besuchen?« fragte sie.

»Freilich will ich,« sagte Harry. »Verdanke ich Ihnen nicht mein Leben?«

»Und nun,« fügte sie hinzu und öffnete die Tür, »laufen Sie, so schnell Sie können, denn ich werde den General hereinlassen.«

Harry bedurfte schwerlich dieses Rates, denn die Furcht saß ihm im Nacken, und mit allem Fleiße machte er sich auf die Flucht. Mit ein paar Schritten, dachte er, würde er ferneren Heimsuchungen entgehen und zu Frau von Vandeleur in Ehren wie in Sicherheit zurückkehren. Aber diese paar Schritte waren noch nicht getan, als er plötzlich eine laute Männerstimme unter Verwünschungen seinen Namen rufen hörte und, sich umblickend, Karl Pendagron bemerkte, der ihn mit beiden Händen zurückwinkte. Dieser plötzliche neue Zwischenfall fiel ihm so auf die Nerven, und er befand sich in einem Zustande so hochgradiger Aufregung, daß er gar nichts anderes zu tun wußte, als seinen eiligen Schritt nur noch zu verdoppeln. Er hätte sich doch an die Szene im Kensington-Parke erinnern und bedenken sollen, daß, wo der General sein Feind war, Karl Pendragon sein Freund sein mußte. Aber bei dem fieberhaften und verwirrten Zustande seines Geistes war er zu jeder vernünftigen Überlegung unfähig und rannte nur um so schneller die Gasse hinauf.

Offenbar war Karl nach dem Ton seiner Stimme und den Ausdrücken, die er hinter dem Sekretär herschleuderte, außer sich vor Wut. Auch er lief aus Leibeskräften, aber trotz allem Bemühen, die natürlichen Vorteile waren nicht auf seiner Seite, und seine Rufe wie das Aufschlagen seines lahmen Fußes auf die Steinfliesen verloren sich immer mehr in der Ferne.

Harrys Hoffnungen belebten sich aufs neue. Die Straße war steil und eng, aber sehr wenig belebt; auf beiden Seiten waren von Laubwerk überhangene Gartenmauern, und, soweit der Flüchtling ausschauen konnte, bemerkte er weder ein lebendes Geschöpf noch eine offene Tür. Die Vorsehung setzte offenbar den Verfolgungen ein Ziel und bot ihm nun ein offenes Feld zur Flucht.

Aber ach, als er sich einer Gartentür gegenüber befand, öffnete sich diese gerade von innen, und er sah drinnen auf einem Gartenweg die Gestalt eines Fleischerburschen, der eine Mulde unterm Arme trug. Kaum hatte ihn Harry wahrgenommen, so befand er sich schon ein paar Schritte weiter auf der andern Seite. Aber der Bursche hatte ihn doch bemerkt; er war natürlich sehr erstaunt, einen Gentleman sich mit so unziemlicher Eile bewegen zu sehen, so trat er in die Gasse und forderte Harry in spöttischen Worten zu größerer Eile auf.

Das Erscheinen dieses jungen Menschen brachte Karl Pendragon auf einen neuen Gedanken, und er schrie, obwohl ihm jetzt der Atem fast ganz ausgegangen war, mit abgebrochener Stimme:

»Haltet den Dieb!«

Sofort nahm der Fleischerbursche den Ruf auf und machte sich ebenfalls an die Verfolgung.

Das war ein bitterer Augenblick für den gehetzten Sekretär. Allerdings beflügelte die Angst seinen Fuß noch mehr und ließ den Zwischenraum zwischen ihm und den Verfolgern beständig wachsen. Aber er war sich nur zu wohl bewußt, bald am Ende seiner Kräfte angelangt zu sein, und sollte ihm jemand entgegenkommen, so mußte seine Lage eine verzweifelte werden.

Ich muß ein Versteck finden, dachte er, und das in den nächsten Sekunden; sonst ist alles aus mit mir auf dieser Welt.

Kaum war ihm dieser Gedanke durch den Kopf geschossen, so machte die Gasse plötzlich eine Wendung, und er war vor den Augen seiner Feinde verborgen. Es gibt Umstände, wo auch der Energieloseste sich mit Kraft und Entschiedenheit bewegen lernt, wo der Vorsichtigste sein Zaudern aufgibt und tollkühne Entschlüsse faßt. Für Harry war ein solcher Augenblick eingetreten, und die ihn am besten kannten, wären am meisten über die Kühnheit des jungen Mannes erstaunt gewesen. Er stand still, warf die Putzschachtel über die Gartenmauer, schwang sich mit unglaublicher Behendigkeit hinauf, faßte den Mauerkranz mit den Händen und purzelte kopfüber in den Garten.

Als er im nächsten Augenblick zu sich kam, lag er in niedrigem Rosengebüsch. Seine Hände waren zerschnitten und blutig, denn man hatte die Mauer gegen einen solchen Sturmangriff durch eine reiche Spende von Glasscherben zu schützen gesucht; er empfand allgemeinen Gliederschmerz, und der Kopf war ihm ganz benommen. Vor sich bemerkte er hinter einem ausnehmend wohlgepflegten und mit köstlich duftenden Blumen besetzten Garten die Hinterseite eines Hauses. Es war ziemlich groß und diente offenbar Wohnzwecken, sah aber in sonderbarem Gegensatz zum Garten baufällig, schlecht gehalten und schäbig aus. Sonst begrenzte nach allen Seiten die Gartenmauer den Blick.

Dies waren nur rein mechanische Wahrnehmungen, denn er vermochte noch nicht, seine Gedanken zu sammeln und aus dem Wahrgenommenen vernünftige Schlüsse zu ziehen, und als er auf dem Kieswege sich Schritte nähern hörte, wandte er zwar seine Augen nach jener Richtung, dachte aber weder an Verteidigung noch an Flucht.

Der Ankömmling war ein großer, plumper und sehr schmutzig aussehender Wann in Gärtnertracht und mit einer Gießkanne in der linken Hand. Ein Mensch mit klaren Sinnen würde beim Anblick dieses Riesen mit den düsteren, unheimlichen Augen Beunruhigung empfunden haben. Aber Harry war von seinem Falle zu sehr betäubt, um Entsetzen fühlen zu können. Wenn er auch seine Augen nicht von dem Gärtner abwandte, so verhielt er sich doch völlig willenlos, als jener näher kam, ihn an der Schulter packte und auf die Füße stellte.

Einen Augenblick starrten sie einander in die Augen, Harry wie gebannt und der Mann voll Wut und mit grausamem, spöttischem Humor.

»Wer sind Sie?« fragte er schließlich. »Wer sind Sie, daß Sie hier über meine Mauer geflogen kommen und mir meine *Gloire de dijon* zerbrechen? Wie heißen Sie?« fügte er, ihn schüttelnd, hinzu, »und was haben Sie hier zu suchen?«

Harry war außerstande, ein Wort der Erklärung vorzubringen.

Aber eben humpelte Pendragon mit dem Fleischerburschen vorbei, und der Klang ihrer Tritte und ihr heiserer Ruf hallten laut in der engen Gasse wider. Der Gärtner hatte seine Antwort erhalten und sah mit Hohnlachen auf Harry nieder.

»Ein Dieb!« sagte er. »Auf mein Wort, und das Geschäft muß blühen, denn Sie sind vom Scheitel bis zur Sohle wie ein Gentleman angetan. Schämen Sie sich nicht, so geputzt umherzustolzieren, während Ehrenmänner, wahrhaftig, froh sind, wenn sie Ihren abgelegten Hut beim Trödler lausen können? So sperr' doch den Mund auf, du Hund,« fuhr er fort. »Du verstehst mich doch, denk' ich, und ich will dich schon zum Reden bringen, eh' ich dich zur Polizei schaffe.«

»Glauben Sie, Herr,« sagte Harry, »das ist nur ein schreckliches Mißverständnis, und wenn Sie mit mir zu Sir Thomas Vandeleur am Eaton-Platz gehen wollen, wird sich alles, verspreche ich Ihnen, aufklären. Der ehrlichste Mensch kann, wie ich jetzt einsehe, in eine verdächtige Lage kommen.«

»Kleiner,« erwiderte der Gärtner, »ich gehe mit dir keinen Schritt weiter als bis zur Polizeistation in der nächsten Straße. Der Inspektor wird sich dann jedenfalls sofort die Ehre geben, mit dir einen Spaziergang zum Eaton-Platz zu machen und mit deiner vornehmen Bekanntschaft eine Tasse Tee zu schlürfen. Oder willst du nicht lieber gleich zum Minister des Innern? Sir Thomas Vandeleur, hat sich was! Denkst du etwa, ich kann mit meinen Augen nicht einen Gentleman von einem Landstreicher wie du unterscheiden? Feine Kleidung oder nicht, ich kann dich lesen wie ein Buch. Hier das Hemd kostet vielleicht so viel wie mein Sonntagshut, und dieser Rock ist, wett' ich, noch niemals beim Trödler gewesen, und dein Schuhwerk –«

Als der Mann hierbei seine Augen auf den Boden richtete, brach er plötzlich in seiner Schmährede ab und schaute einen Augenblick gespannt auf einen Gegenstand zu seinen Füßen. Dann sagte er mit sonderbar veränderter Stimme:

»Was, in Gottes Namen, ist denn das?«

Harry folgte der Richtung seiner Augen, und es bot sich ihm ein Schauspiel, das ihn vor Schrecken und Erstaunen starr machte. Bei seinem Sturz war er gerade auf die Putzschachtel zu liegen gekommen, diese war von einem Ende bis zum andern geplatzt, und aus ihrem Innern hatte sich ein ganzer Schatz von Diamanten ergossen und lag nun offen da, zum Teil halb in den Boden getreten, zum Teil in wahrhaft königlicher, gleißender Fülle auf die Erde umhergestreut. Er bemerkte ein prächtiges Diadem, das er oft an Frau von Vandeleur bewundert hatte. Ringe, Broschen, Ohrgehänge und Armbänder, sogar noch ungefaßte Brillanten, die hier und da gleich Tautropfen zwischen dem Rosengebüsch erglänzten. Ein fürstliches Vermögen lag zwischen den beiden Männern, ein Vermögen in der lockendsten, gediegensten und dauerhaftesten Form, das man in einer Schürze forttragen kann, schön und reizvoll an sich und den Sonnenschein in einer Million Regenbogenstrahlen zurückwerfend.

»Guter Gott!« stieß Harry hervor, »ich bin verloren!«

Mit unberechenbarer Schnelligkeit flogen seine Gedanken rückwärts, und es enthüllte sich ihm mit einem Schlage der innere Zusammenhang seiner Abenteuer während der letzten Stunden und der unselige Wirrwarr, in den er hineingerissen war. Er schaute sich wie hilfesuchend um, aber er war allein im Garten mit seinen ausgesäten Diamanten und seinem furchtbaren Gegenüber, und sein lauschendes Ohr vernahm keinen andern Ton als das Rauschen der Blätter und den beschleunigten Schlag seines eigenen Herzens. So war es kein Wunder, daß sich der junge Mann völlig rat- und mutlos fühlte und mit gebrochener Stimme seinen letzten Ausruf wiederholte:

»Ich bin verloren!«

Der Gärtner lugte scharf und scheu nach allen Richtungen, aber an keinem Fenster war ein Gesicht zu bemerken, und er schien aufzuatmen.

»Fass' dir 'n Herz, du Narr!« sagte er. »Das Schlimmste hast du hinter dir. Warum konntest du mir nicht gleich sagen, daß es für zwei genug war?« wiederholte er, »ja für zweihundert! Aber komm fort von hier, wo man uns beobachten könnte, und sei gescheit, streich dir den Hut glatt und mach' dir die Kleider rein. So lächerlich, wie du jetzt aussiehst, kannst du keine zwei Schritte weit gehen.«

Während Harry diesem Rate mechanisch Folge leistete, kniete der Gärtner nieder, raffte hastig die zerstreuten Juwelen zusammen und brachte sie wieder in die Schachtel. Bei der Berührung der kostbaren Steine ging ein Beben durch den muskulösen Körper des Mannes, sein Gesicht verzerrte sich, und aus seinen Augen schossen gierige Blicke; wollüstig schien er seine Arbeit in die Länge zu ziehen und betastete zärtlich jeden Diamanten, der ihm unter die Hände kam. Aber schließlich war er doch fertig damit; er versteckte die Schachtel unter seinem Kittel, forderte Harry auf, ihm zu folgen, und schritt ihm auf das Haus zu voran.

Unweit der Tür trafen sie einen offenbar dem geistlichen Stande angehörigen jungen Mann von dunklem Teint und auffallender Schönheit; in seinem Ausdruck lag ein Gemisch von Weichheit und Entschlossenheit, und sein Anzug zeigte die seinen Standesgenossen eigene Nettigkeit. Ohne Zweifel war dem Gärtner die Begegnung unangenehm, aber er machte möglichst gute Miene dazu und wandte sich lächelnd und mit freundlichen Worten an den Geistlichen.

»Das ist mal ein schöner Nachmittag, Herr Rolles,« sagte er, »ein schöner Nachmittag, so gewiß ihn Gott gemacht hat! Und hier ist ein junger Freund von mir, der gern meine Rosen sehen wollte. Ich war so frei, ihn hier hereinzubringen, denn ich dachte, es würde keiner von den Bewohnern was dagegen haben.«

»Ich für meine Person ganz und gar nicht, Herr Raeburn,« versetzte der Prediger. »Doch mir scheint es fast,« fügte er hinzu, »daß ich den Herrn schon früher gesehen habe. Herr Hartley, denke ich. Ich sehe mit Bedauern, daß Sie einen Fall getan haben.« Dabei reichte er seine Hand hin.

Ein unklares Gefühl mädchenhafter Scheu und der Wunsch, der Notwendigkeit einer Auseinandersetzung aus dem Wege zu gehen, bewogen Harry, von dieser Möglichkeit fremden Beistandes keinen Gebrauch zu machen und seine eigne Person zu verleugnen. Er wollte sich lieber der Gnade eines ihm Fremden als der Neugier und etwaigen Zweifeln eines Bekannten überlassen.

»Ich fürchte, da liegt ein Irrtum vor,« sagte er. »Mein Name ist Thomlinson, und ich bin ein Freund dieses Herrn.«

»Wirklich?« sagte Herr Rolles. »Die Ähnlichkeit ist erstaunlich.«

Herr Raeburn, der während dieser Unterhaltung wie auf Kohlen gestanden hatte, fühlte, daß es hohe Zeit sei, weiteren Auseinandersetzungen ein Ende zu machen.

»Ich wünsche Ihnen einen vergnüglichen Spaziergang,« sagte er zu Herrn Rolles.

Und damit zog er Harry mit sich in das Haus und in ein nach dem Garten führendes Zimmer. Seine erste Sorge war, sofort die Fensterläden zu schließen, denn Herr Rolles stand immer noch mit erstauntem Gesicht und in Nachdenken versunken an derselben Stelle, wo sie ihn gelassen hatten. Dann leerte er die zerbrochene Schachtel auf den Tisch und stand nun, die Hände an den Schenkeln reibend und mit dem Ausdruck habsüchtiger Gier in den Augen, vor dem offen ausgebreiteten Schatze. Harry verursachte der Anblick des von gemeiner Leidenschaft beherrschten Gesichtes eine neue Pein. Es schien ihm fast unglaublich, daß er mit einem Atemzug aus einem Dasein voll reiner und zarter Interessen in einen Knäuel schmutziger und verbrecherischer Beziehungen verwickelt sein sollte. Nichts Schlechtes hatte ihm sein Gewissen vorzuwerfen, und doch erlitt er die Strafe für schlechte Taten in ihrer schärfsten und grausamsten Form: die Angst vor Strafe, den Argwohn der Guten und die schimpfliche Gemeinschaft gemeiner und roher Naturen. Er fühlte, er hätte mit Freuden sein Leben opfern können, um aus dem Zimmer und der Gesellschaft Raeburns zu entkommen.

»Und nun,« sagte der letztere, nachdem er die Kleinode in zwei nahezu gleiche Teile geteilt und den einen näher an sich herangezogen hatte, »alles auf der Welt hat seinen Preis und manches einen recht schönen. Sie müssen wissen, Herr Hartley, wenn das Ihr Name ist, daß ich ein sehr schwacher und willfähriger Mensch bin; Gutmütigkeit ist von A bis Z meine schwache Seite gewesen. Ich könnte diese kleinen Steine allesamt einsacken, wenn ich wollte, und ich muß wohl an Ihnen einen Narren gefressen haben, denn ich bring's nicht fertig, Sie so über den Löffel zu barbieren. So, sehen Sie, mache ich aus bloßer Gutherzigkeit den Vorschlag zu teilen, und das,« hierbei zeigte er auf die beiden Haufen, »scheint mir eine billige Teilung zu sein. Haben Sie was dagegen, Herr Hartley, wenn ich fragen darf? Ich bin nicht der Mann, dem's auf eine Brosche mehr oder weniger ankommt.«

»Aber,« rief Harry, »was Sie mir vorschlagen, ist ganz unmöglich. Die Edelsteine sind nicht mein, und ich kann mit niemand auf der Welt und in keinem Verhältnis teilen, was einem andern gehört.«

»Sie gehören Ihnen nicht, was?« entgegnete Raeburn. »Und Sie können sie mit niemand teilen, wie? Gut, das kann mir nur leid sein, denn dann muß ich Sie zur Polizei führen. Zur Polizei – denken Sie,« fuhr er fort, »denken Sie an die Schande für Ihre alten Eltern, denken Sie,« fügte er hinzu und faßte Harry an der Hand, »an die Kolonien und den Tag des Gerichts!«

»Ich kann's nicht ändern,« jammerte Harry. »Es ist nicht meine Schuld. Sie wollen nicht mit mir zum Eaton-Platz kommen.«

»Nein,« erwiderte der Mann, »ich will nicht, das ist gewiß. Und meine Meinung geht dahin, mit Ihnen diesen Tand hier zu teilen.«

Bei diesen Worten drehte er plötzlich das Gelenk des jungen Mannes kräftig herum.

Harry konnte einen Aufschrei nicht unterdrücken, und der Angstschweiß brach ihm aus allen Poren des Gesichts. Vielleicht schärften Schmerz und Schreck seine Verstandeskräfte, jedenfalls erschien ihm die Sachlage auf einmal in einem andern Lichte; er sah, daß nichts weiter übrigblieb, als auf den Vorschlag des Schurken einzugehen und darauf zu rechnen, er werde unter günstigeren Verhältnissen, und nachdem er sich selbst von jedem Verdacht gereinigt hätte, das Haus wieder auffinden und die Herausgabe der entwendeten Juwelen erzwingen können.

»Ich bin's zufrieden,« sagte er.

»Ein Lämmchen seh' ich hier,« höhnte der Gärtner. »Doch dacht' ich wohl, Sie würden schließlich Ihr wahres Interesse erkennen. Die Putzschachtel,« fuhr er fort, »werde ich mit meinem Kehricht verbrennen; neugierige Leute könnten sie mal wieder erkennen. Und nun nehmen Sie Ihre Geschmeide zusammen und stecken sie in Ihre Tasche!«

Harry befolgte die Weisung, während Raeburn ihn beobachtete und, wenn seine Gier sich am glänzenden Gefunkel eines Edelsteins besonders entzündete, ein Juwel nach dem andern vom Teil des andern wegnahm und seinem zufügte.

Als dieses Geschäft beendet war, gingen beide zur vordern Haustür, die Raeburn vorsichtig öffnete, um auf die Straße hinauszuspähen. Offenbar ließ sich kein Mensch auf der Straße sehen, denn plötzlich packte Raeburn seinen Gast am Nacken, drückte ihn zur Erde, so daß er nur die Straße und die Türstufen vor den Häusern sehen konnte, und stieß ihn mit Gewalt anderthalb Minuten vor sich her, die eine Straße hinunter und die andere hinauf. Harry hatte drei Ecken gezählt, bis der Strolch seine Hand los ließ und mit dem Ruf: »Nun fort mit dir!« den jungen Mann durch einen wohlgezielten kunstgerechten Fußtritt ein gutes Stück geradeaus fliegen ließ.

Als sich Harry, halbbetäubt und stark aus der Nase blutend, wieder aufraffte, war von Raeburn nichts mehr zu sehen. Im ersten Augenblick war der Sekretär so von Zorn und Schmerz überwältigt, daß ihm ein Tränenstrom aus den Augen schoß und er schluchzend mitten auf der Straße stehenblieb.

Nachdem sich seine Aufregung etwas gelegt hatte, fing er an, sich umzuschauen und die Namen der Straßen zu lesen, an deren Kreuzung er vom Gärtner so schändlich verlassen worden war. Er befand sich noch in einer einsamen Gegend des westlichen London mitten unter Landhäusern und großen Gärten. Er bemerkte aber an

einem Fenster ein paar Personen, die offenbar Zeugen seines Miß-
geschicks gewesen waren, und im nächsten Augenblick kam auch
ein Mädchen aus dem Hause gelaufen und bot ihm ein Glas Wasser.
Zugleich näherte sich ihm von der andern Seite ein schäbiger
Strolch, der in der Nähe herumgelungert hatte.

»Armer Mensch,« sagte das Mädchen, »wie schändlich hat man
Sie behandelt. Ihre Knie sind zerschunden und Ihre Kleider zerfetzt!
Kennen Sie den Unhold, der Sie so mißhandelt hat?«

»Ja,« rief Harry, den das Wasser etwas aufgefrischt hatte; »ich
will ihn schon trotz seiner Vorsichtsmaßregeln ausfindig machen
und werde es ihm heimzahlen, darauf können Sie sich verlassen.«

»Kommen Sie lieber ins Haus und lassen sich waschen und ab-
bürsten,« fuhr das Mädchen fort. »Meine Herrin nimmt Sie wohl
auf, dessen können Sie sicher sein. Und hier haben Sie Ihren Hut.
Aber um des Himmels willen,« schrie sie auf, »Sie haben ja Diamanten über die ganze Straße gestreut.«

Das war in der Tat der Fall; die gute Hälfte von dem, was ihm
nach der Teilung mit Herrn Raeburn übriggeblieben, war bei seinem Sturz aus den Taschen gefallen und lag wieder glitzernd auf
der Erde. Er segnete sein Geschick, da das Mädchen so schnell den
Verlust bemerkt hatte, und freute sich dieses Glücks im Unglück.
Aber ach! Als er sich bückte, seine Schätze aufzuheben, machte der
Strolch einen plötzlichen Angriff, warf Harry und das Mädchen
über den Haufen, raffte schnell zwei Handvoll Diamanten auf und
rannte mit unglaublicher Behendigkeit die Straße hinunter.

Sobald Harry wieder auf den Füßen stand, jagte er, laut rufend,
hinter dem Missetäter drein, aber dieser war schneller und hatte
außerdem den Vorteil der größeren Vertrautheit mit der Gegend, so
daß der Verfolger bald jede Spur des Flüchtigen verloren hatte.

In tiefster Verzweiflung kehrte Harry auf den Schauplatz seines
letzten Unglücks zurück, wo das Mädchen noch immer seiner harr-
te und ihm seinen Hut und den Rest der Edelsteine wieder zustellte.
Harry dankte ihr herzlich, und da ihm jetzt jeder Sinn für das Sparen fehlte, ging er zum nächsten Droschkenstand und ließ sich unmittelbar nach dem Eaton-Platz fahren.

Bei seiner Ankunft schien im Hause einige Verwirrung zu herrschen, wie wenn sich eine Katastrophe in der Familie zugetragen hätte; die Dienerschaft steckte die Köpfe zusammen und gab sich wenig Mühe, beim Anblick der zerlumpten Kleidung des Sekretärs ihre Heiterkeit zu unterdrücken. Er ließ die spöttischen Blicke und Bemerkungen mit möglichster Würde von sich abprallen und begab sich sofort in den Damensalon. Als er die Tür öffnete, bot sich ihm ein sonderbares, unheilverkündendes Schauspiel: Der General, seine Frau und – sollte man es glauben? – Karl Pendragon standen dicht beisammen und besprachen ernst und feierlich einen wichtigen Gegenstand. Harry erkannte sofort, daß sich für ihn wenig Gelegenheit zu Auseinandersetzungen bieten werde – offenbar hatte man dem General ein offenes Geständnis von dem beabsichtigten Anschlag auf seine Tasche und dem unglücklichen Ausgang des Unternehmens abgelegt, und sie hatten alle drei gemeinsame Sache gegen die gemeinsame Gefahr gemacht.«

»Dem Himmel sei Dank!« rief Frau von Vandeleur, »da ist er! Die Putzschachtel, Harry, die Putzschachtel!«

Aber Harry stand schweigend und mit niedergeschlagenen Augen vor ihnen.

»Sprechen Sie!« schrie sie. »Sprechen Sie! Wo ist die Putzschachtel?«

Und die Männer wiederholten mit drohenden Handbewegungen die gleiche Frage.

Harry zog eine Handvoll Edelsteine aus seiner Tasche; er war sehr bleich.

»Das ist alles, was übrig ist,« sagte er. »Ich rufe den Himmel zum Zeugen, daß es nicht meine Schuld ist; und wenn Sie Geduld haben wollen, so werden, wenn auch einige, fürchte ich, verloren bleiben, die andern sicher wiedergewonnen werden.«

»Ach!« rief Frau von Vandeleur, »alle unsere Diamanten sind hin, und meine Toilettenschulden belaufen sich auf neunzigtausend Pfund!«

»Gnädige Frau,« sagte der General, »Sie hätten mit Ihrem eignen Bettel den Rinnstein pflastern, Sie hätten fünfzigfach so hohe Schulden machen, Sie hätten mir das Diadem und den Ring meiner Mutter nehmen können, und ich hätte mich durch die uns fesselnden Bande doch vielleicht noch bewegen lassen, Ihnen schließlich zu verzeihen. Aber Sie haben den Diamanten des Rajahs genommen – das Auge des Lichts, wie ihn der Orient poetisch nennt –, den Stolz von Kaschgar! Sie haben mir den Diamanten des Rajahs genommen,« schrie er mit lauter Stimme und erhobenen Händen, »und alles, alles ist aus zwischen uns!«

»Glauben Sie mir, General Vandeleur,« erwiderte sie, »das sind wohl die angenehmsten Worte, die ich je aus Ihrem Munde vernommen habe, und sind wir auch ruiniert, so möchte ich mich doch fast des Wechsels freuen, der mich von Ihnen frei macht. Sie haben mir oft genug vorgehalten, ich hätte Sie nur um des Geldes willen geheiratet. Ich sage Ihnen aber, ich habe diesen Handel allezeit bitter bereut, und sollte die Heirat noch einmal stattfinden können, und Sie besäßen einen Diamanten, größer als Ihr Kopf, so würde ich selbst meiner Kammerfrau eine so widerwärtige und unheilvolle Verbindung widerraten. Was Sie betrifft, Herr Hartley,« fuhr sie, zu dem Sekretär gewendet, fort, »so haben Sie Ihre kostbaren Eigenschaften in diesem Hause zur Genüge dargetan. Wir haben uns nun völlig überzeugt, daß Ihnen Mannhaftigkeit, Verstand und Selbstachtung in gleicher Weise abgehen. Es bleibt für Sie, soviel ich sehe, nur eins übrig – schleunigst zu verschwinden, womöglich auf Nimmerwiedersehen. Was Ihren rückständigen Lohn anlangt, so können Sie die Zahl der Gläubiger meines verflossenen bankerotten Gemals um eins vermehren.«

Harry war kaum das Verständnis dieser beleidigenden Anrede aufgegangen, als der General aufs neue gegen ihn losdonnerte.

»Und inzwischen,« sagte dieser, »folgen Sie mir gefälligst zum nächsten Polizeiinspektor. Sie können einen geradsinnigen Soldaten betrügen, aber das Auge des Gesetzes wird in Ihr schändliches Lügengewebe eindringen. Wenn ich meine alten Tage durch Ihre geheimen, im Bunde mit meiner Frau betriebenen Machenschaften in Armut verbringen muß, so soll, denke ich, Ihre Mühe wenigstens nicht unvergolten bleiben, und der Himmel würde mir eine sehr annehmbare Genugtuung versagen, wenn Sie nicht von nun an bis ans Ende Ihrer Tage Werg zupfen müßten.«

Hierauf packte der General Harry am Arme, zerrte ihn die Treppe hinunter und schleppte ihn zur nächsten Polizeistation.

Zweites Kapitel

Die Geschichte des Gottesmannes

Der hochwürdige Herr Simon Rolles hatte sich in den theologischen Wissenschaften ausgezeichnet und im Studium der Gottesgelahrtheit ungewöhnliche Fortschritte gemacht. Seine Abhandlung »Über das Christentum und die sozialen Pflichten« verschaffte ihm eine gewisse Berühmtheit an der Universität Oxford, und man erzählte sich in geistlichen und gelehrten Kreisen, der junge Rolles sei mit einem umfangreichen Werk – man sprach von mehreren Bänden – über die Autorität der Kirchenväter beschäftigt. Doch verhalfen ihm diese Leistungen und ehrgeizigen Pläne keineswegs zu schnellerem Fortkommen, und er wartete immer noch auf seine erste Pfarrstelle, als ihn ein zufälliger Spaziergang im westlichen Teile Londons, der Anblick des stillen, schönen Gartens, der Wunsch nach ungestörter Muße und die Billigkeit der Wohnung bewogen, bei Herrn Raeburn, dem Gärtner in der Stockdove-Straße, Wohnung zu nehmen.

Jeden Nachmittag pflegte er, nachdem er sieben oder acht Stunden dem Studium des heiligen Ambrosius oder Chrysostomus gewidmet hatte, sich eine Weile, in Nachsinnen verloren, zwischen den Rosen zu ergehen. Und diese Minuten gehörten zu den fruchtbarsten seines Tagewerkes. Aber selbst eine wirkliche Freude an der Gedankenarbeit und das Interesse an schwierigen, ihrer Lösung harrenden Problemen vermögen nicht immer den Geist des Philosophen von den kleinlichen Dingen dieser Welt fernzuhalten. Als daher Herr Rolles General Vandeleurs Sekretär zerrissen und blutig in der Gesellschaft seines Hausherrn fand, als er beide die Farbe wechseln sah und sie seinen Fragen auszuweichen suchten, und vor allem, als Herr Hartley mit dreister Stirn seine eigene Person verleugnete, vergaß er sofort, von ganz gewöhnlicher Neugier geplagt, alle Heiligen und Kirchenväter.

Es ist kein Irrtum möglich, dachte er. Zweifellos ist das Herr Hartley. Wie kommt er in diesen sonderbaren Zustand? Warum nimmt er einen andern Namen an, und was kann er nur mit meinem Hauswirt, diesem verdächtigen Gesellen, zu tun haben?

Während dieser Erwägungen erregte noch ein weiterer auffallender Vorfall seine Aufmerksamkeit. Herr Raeburns Gesicht zeigte sich an einem Fenster dicht bei der Tür, und seine Augen begegneten denen des Theologen. Der Gärtner schien verlegen, ja beunruhigt, und gleich darauf wurden die Fensterläden heftig zugeschlagen.

Das kann ja alles ganz harmlos sein, überlegte Herr Rolles, es kann gar nichts zu bedeuten haben; aber ich gestehe offen, daß ich das nicht glaube. Verdächtig, heimlich, unwahr, voll Furcht vor Beobachtung – ich glaube meiner Seele, dachte er, das Paar plant irgend etwas Schändliches.

Der Geheimpolizist, der in uns allen lebt, erwachte in Herrn Rolles' Herzen und verlangte sein Recht; und mit lebhaftem, eiligem Schritt, der seinem gewöhnlichen Gange ganz unähnlich war, schritt er auf den Gartenwegen dahin. Als er zu dem Schauplatze von Harrys Kopfsprung kam, fiel sein Auge sogleich auf einen abgebrochenen Rosenzweig und tiefe Fußspuren auf der zertretenen Gartenerde. Beim Aufschauen bemerkte er Kratzer an der Mauer und einen Tuchfetzen an einem Glasscherben. Auf diese Weise war also Herrn Raeburns sonderbarer Freund eingedrungen! Diesen Weg wählte General Vandeleurs Sekretär zur Besichtigung eines Blumengartens. Der junge Geistliche pfiff leise vor sich hin, als er sich zur näheren Prüfung des Bodens bückte. Er konnte feststellen, wo Harry nach seinem Luftsprung aufs Feste kam, er erkannte Herrn Raeburns breiten Fuß, der tief in das Erdreich eingesunken war, als der Gärtner den Sekretär am Kragen in die Höhe zog, ja, bei genauerem Hinsehen glaubte er die Spuren tappender Finger zu erkennen, als wäre etwas ausgestreut und dann eifrig zusammengerafft worden.

Auf mein Wort, dachte er, das wird ungemein spannend.

Jetzt fiel ihm etwas ins Auge, das fast ganz in der Erde vergraben lag. In einem Nu hatte er ein feines, ledernes Futteral, das mit goldenem Verschluß versehen war, herausgegraben. Es war gewaltsam in die Erde getreten worden und so Herrn Raeburn bei seinem hastigen Suchen entgangen. Herr Rolles öffnete das Futteral und tat vor fast schreckhaftem Erstaunen einen langen Atemzug, denn vor ihm lag auf grünsamtener Unterlage ein Diamant von wunderbarer

Größe und vom reinsten Wasser. Er war so groß wie ein Entenei, schön geformt und fleckenlos, und als die Sonne darauf schien, gab er einen Glanz von sich gleich elektrischem Feuer und schien mit tausendfachem Scheine in der Hand des jungen Mannes zu flammen.

Rolles verstand wenig von Edelsteinen, aber der Diamant des Rajahs war ein Wunder, das keiner Erklärung bedurfte; ein Dorfkind, das ihn gefunden hätte, würde schreiend zum nächsten Hause gelaufen sein, und ein Wilder sich vor einem so gewaltigen Fetisch anbetend niedergeworfen haben. Die Schönheit des Steines schmeichelte den Augen des jungen Geistlichen, und der Gedanke an seinen unberechenbaren Wert überwältigte seinen Verstand. Er wußte, daß, was er in der Hand hielt, weit wertvoller war als das Einkommen eines Erzbischofssitzes in vielen, vielen Jahren, daß man davon Dome bauen könnte, stattlicher als die von Ely oder Köln, daß der Besitzer für immer frei wäre vom schlimmsten Fluch und seinen eigenen Neigungen frank und frei folgen könnte. Und als er den Stein plötzlich umdrehte, sprühten ihm die Strahlen mit erneutem Glanze entgegen, und es war, als drängen sie ihm bis ins Herz.

Der Mensch entschließt sich zu entscheidenden Schritten oft im Augenblick und ohne vor seiner Vernunft Rechenschaft abzulegen. So war es auch jetzt bei Herrn Rolles. Eilig blickte er ringsum, bemerkte, wie Herr Raeburn vor ihm, nichts als den sonnenbeschienenen Blumengarten, die hohen Baumspitzen und das Haus mit den geschlossenen Fensterläden, und in einem Nu hatte er das Futteral zugemacht und in die Tasche gesteckt, worauf er mit der Hast des schlechten Gewissens in sein Studierzimmer eilte.

Der hochwürdige Simon Rolles hatte den Diamanten des Rajahs gestohlen!

Am frühen Nachmittage stellte sich die Polizei mit Harry Hartley ein. Der Gärtner, der vor Schreck außer sich war, gab seinen Hort ohne Widerstand preis, und die Edelsteine wurden in Gegenwart des Sekretärs als die vermißten festgestellt und verzeichnet. Was Herrn Rolles betrifft, so zeigte er sich höchst liebenswürdig, erzählte freimütig alles, was er wußte, und drückte sein Bedauern darüber aus, daß er den Beamten im übrigen nicht weiter behilflich sein könnte.

»Doch denke ich,« fügte er hinzu, »Sie haben Ihre Arbeit so ziemlich getan.«

»Keineswegs,« erwiderte der oberste Polizist und erzählte von der zweiten Beraubung, deren Opfer Harry geworden war. Hierauf beschrieb er dem jungen Geistlichen die besonders wertvollen Kleinode, die noch fehlten, vor allem den Diamanten des Rajahs.

»Der muß ja ein Vermögen wert sein,« bemerkte Herr Rolles.

»Zehn – zwanzig Vermögen,« rief der Beamte.

»Je größer sein Wert ist, desto schwieriger muß es sein, ihn zu verkaufen,« bemerkte Simon mit List. »So ein Ding hat seine eigene Physiognomie, die sich nicht verwischen läßt, und ich sollte meinen, es könnte einer ebenso leicht die Paulskirche verhandeln können.«

»O gewiß!« sagte der Beamte; »aber wenn der Dieb nur einigen Verstand besitzt, so wird er ihn in drei oder vier Stücke zerschneiden und immer noch genug zum reichen Mann haben.«

»Danke,« sagte der Geistliche. »Sie glauben nicht, wie interessant mir Ihre Mitteilungen sind.«

»Ja,« meinte der Polizist, »wir haben allerdings in unserem Berufe Gelegenheit, so manches Werkwürdige zu erfahren,« worauf er das Haus wieder verließ.

Herr Rolles begab sich in sein Zimmer, das ihm kleiner und öder als gewöhnlich vorkam. Auch die Vorarbeiten für sein großes Werk waren ihm niemals so wenig reizvoll erschienen, und er sah mit Verachtung auf seine Bücherschätze herab. Verschiedene Kirchenväter nahm er, Band für Band, herunter und sah sie schnell durch, aber sie enthielten offenbar nicht das, was er suchte.

Diese uralten Herren, dachte er, waren zweifellos große Kirchenlichter, aber vom Leben verstanden sie, wie mir scheint, blutwenig. Mit allen meinen Kenntnissen, die für einen Bischof vollauf genügend wären, weiß ich nicht einmal, wie ich den gestohlenen Diamanten verwerten soll. Ich bin froh, von einem gewöhnlichen Polizisten einen Fingerzeig zu erhalten, und mit allen meinen Folianten bin ich nicht einmal imstande, ihm Folge zu leisten. Das läßt mich von dem Wert der Universitätsbildung sehr gering denken.

Darauf stellte er die Bücher an ihren Platz, setzte seinen Hut auf und begab sich eilends in den Klub, dessen Mitglied er war. An dieser Stätte weltlicher Erholung hoffte er einen lebensklugen, vielerfahrenen Mann zu finden, der ihm einen guten Rat geben könnte. Im Lesezimmer traf er viele Landgeistliche und einen Dekan; drei Zeitungsschreiber und ein philosophischer Schriftsteller spielten Pool, und bei Tisch zeigten sich die gewöhnlichen nichtssagenden Gesichter der ihm bekannten Klubtreter. Keinem von allen diesen traute Herr Rolles eine größere Vertrautheit mit einem etwas bedenklichen Thema zu, als er sie selbst besaß, keinem die Fähigkeit, ihm in seiner augenblicklichen Not als Rater und Führer zu dienen. Schließlich traf er ganz oben im Rauchsaal einen stattlichen Herrn in auffallend einfacher Kleidung. Er rauchte eine Zigarre und las eine Wochenschrift; sein Gesicht legte offenbar Zeugnis ab von einem vorurteilslosen und sehr lebhaften Geiste; auch fand Herr Rolles in seinen Zügen etwas Vertrauenerweckendes und Hoheitsvolles. Je forschender sich der junge Mann in sein Gesicht vertiefte, um so mehr gewann er die Überzeugung, den Mann gefunden zu haben, der ihm den rechten Rat geben könnte.

»Mein Herr,« sagte er, »entschuldigen Sie meinen Freimut; aber nach Ihrem Aussehen glaube ich, daß Sie mehr als ein anderer ein Mann der Welt sind.«

»Auf diese Bezeichnung habe ich in der Tat gegründeten Anspruch,« erwiderte der Fremde, indem er die Zeitschrift mit einem halb erstaunten und halb spöttischen Blick aus der Hand legte.

»Ich bin,« fuhr der Theologe fort, »ein Klausner, ein Gelehrter, ein Kind der Tintenflaschen und Folianten. Ein Ereignis jüngster Zeit hat mir meine Torheit in weltlichen Dingen lebhaft vor Augen gestellt, und ich möchte Lebensweisheit gewinnen. Welchen Weg weisen Sie mir?«

»Sie bringen mich in Verlegenheit,« sagte der Fremde. »Doch können Sie vielleicht aus Gaboriau einen kleinen Begriff von Welt und Leben bekommen.«

Herr Rolles dankte dem Fremden und kaufte sich auf dem Heimwege ein Werk über Edelsteine und ein paar Romane von Gaboriau. Das Lesen dieser Romane brachte ihn wirklich auf einen nutzbaren Gedanken. Als er von einem Manne las, der alle möglichen Fertigkeiten selbst besaß und dadurch alle Schwierigkeiten überwand, rief er plötzlich aus:»Himmel, ist das nicht eine Lehre für mich? Muß ich nicht ebenfalls selbst Diamanten schneiden lernen?«

Es fiel ihm ein, daß er einen Goldschmied in Edinburg kenne, der ihn gerne in den nötigen Handgriffen unterweisen würde; in ein paar Monaten, vielleicht Jahren niedriger Arbeit hoffte er genug Handfertigkeit erworben zu haben, um den Diamanten zerteilen zu können, und genug Erfahrung, um ihn mit Vorteil an den Mann zu bringen. Darauf könnte er seine Forschungen in aller Muße als reicher, von allen beneideter und geachteter Gelehrter fortsetzen. Goldene Träume umgaukelten ihn, als er sich zum Schlummer niederlegte, und erfrischt und frohgemut erwachte er mit der Morgensonne.

Herrn Raeburns Haus sollte an diesem Tage polizeilich geschlossen werden, und das diente dem jungen Mann als Vorwand zur Abreise nach Edinburg. Munter packte er seinen Koffer, brachte ihn zum Bahnhof und begab sich dann zum Klub, um hier den Nachmittag zu verbringen und zu speisen.

»Wenn Sie heute hier essen wollen,« bemerkte ein Bekannter zu ihm, »können Sie zwei der bemerkenswertesten Männer Englands sehen, den Prinzen Florisel von Böhmen und den alten John Vandeleur.«

»Vom Prinzen habe ich gehört,« versetzte Herr Rolles, »und den General Vandeleur habe ich sogar in Gesellschaft kennengelernt.«

»Der General Vandeleur ist ein Esel,« entgegnete der andere. »Das hier ist sein Bruder John, ein Abenteurer sondergleichen, der beste Kenner von Edelsteinen und einer der scharfsinnigsten Diplomaten Europas. Haben Sie niemals von seinem Zweikampf mit dem Herzog von Orges, von seinen Taten und Grausamkeiten als Diktator von Paraguay, von seiner Geschicklichkeit beim Aufspüren der Juwelen des Barons Levi oder von seinen Diensten beim indischen Aufstand gehört – Dienste, die der Regierung zugute kamen, die aber die Regierung nicht zu vertreten wagte? Es ist schwer zu sagen, ob John Vandeleur mehr berühmt oder mehr berüchtigt ist, auf beides hat er überreichen Anspruch. Gehen Sie hinunter,« fuhr er fort, »setzen Sie sich an einen Tisch in ihrer Nähe und halten Sie Ihre Ohren offen! Sie werden manches Sonderbare hören, oder ich müßte mich sehr täuschen.«

»Aber woran soll ich sie erkennen?« fragte der Geistliche.

»Sie erkennen!« rief der Freund. »Nun, der Prinz ist der schönste Gentleman in Europa, der einzige Mensch, der wie ein König aussieht; und was John Vandeleur betrifft, so denken Sie sich einen siebzig Jahre zählenden Odysseus, mit einem Säbelschmiß quer übers Gesicht, und Sie haben Ihren Mann vor sich. Die sind leicht zu erkennen! Man könnte sie ohne Schwierigkeiten aus einer Jahrmarktsmenge herausfinden!«

Eiligst begab sich Rolles ins Speisezimmer. Es war, wie ihm sein Freund versichert hatte, man konnte das fragliche Paar unmöglich verkennen. Der alte John Vandeleur besaß einen auffallend kräftigen, offenbar äußerst gewandten Körper. Seine Züge waren kühn und adlerartig, sein Ausdruck anmaßend und habsüchtig, seine ganze Erscheinung verriet einen raschen, heftigen, durch keine Rücksicht gehemmten Mann der Tat, und sein üppiges weißes Haar und die Säbelfurche, die über seine Nase und Schläfe lief, gaben dem schon an und für sich auffallenden und herausfordernden Gesicht noch einen besonderen Anstrich von Wildheit.

In seinem Begleiter, dem böhmischen Prinzen, erkannte Rolles zu seiner Überraschung den Herrn, der ihm Gaboriaus Werke empfohlen hatte.

Die Unterhaltung war in der Tat für die Ohren des am nächsten Tische sich niederlassenden Gottesmannes neu. Der Exdiktator von Paraguay erzählte von seinen zahlreichen außerordentlichen Erlebnissen in verschiedenen Weltgegenden, und der Prinz gab einen Kommentar dazu, der für einen Mann von Geist noch fesselnder war als die Ereignisse selbst.

Schließlich kam die Rede auch auf die großen Diebstähle der jüngsten Zeit und auf den Diamanten des Rajahs.

»Dieser Diamant ruhte besser auf dem Grunde des Meeres,« bemerkte Prinz Florisel.

»Eure Hoheit können sich denken,« versetzte der Diktator, »daß ich als ein Vandeleur abweichender Meinung bin.«

»Ich sage dies in Hinsicht auf das allgemeine Wohl,« erklärte der Prinz. »So kostbare Edelsteine sollten nur in fürstlichen Sammlungen oder öffentlichen Schatzkammern zu finden sein. Sie im Besitze gewöhnlicher Sterblicher belassen heißt einen Preis auf die Tugend setzen; und wenn der Rajah von Kaschgar, der ein höchst erleuchteter Fürst sein soll, den Wunsch hatte, sich an den Europäern zu rächen, so hätte er schwerlich etwas Wirksameres tun können, als indem er diesen Apfel der Zwietracht unter uns warf. Der Ehrlichste widersteht einer solchen Versuchung nicht. Ich selbst, der sich vieler besonderen Vorrechte erfreut, Herr Vandeleur, könnte mich kaum, wenn ich den wunderbaren Stein in Händen hätte, von seinem berauschenden Einflusse frei halten. Und von Ihnen, einem Diamantenjäger aus Neigung und Beruf, glaube ich, gibt es überhaupt kein Verbrechen, vor dem Sie zurückschrecken würden – ich glaube, Sie haben keinen Freund auf der Welt, den Sie nicht darum verrieten, – ich weiß nicht, ob Sie Familie haben, aber wenn es der Fall ist, so erkläre ich, Sie würden Ihre Kinder opfern – und dies alles wofür? Nicht um reicher zu sein, nicht um ein bequemeres Leben oder größere Achtung zu gewinnen, sondern einzig zu dem Zwecke, diesen Diamanten ein oder zwei Jahre, bis zu Ihrem Tode, Ihr Eigentum zu nennen und hin und wieder Ihren Geldschrank zu öffnen und sich den Stein anzusehen, wie man ein Bild anschaut.«

»Es ist wahr,« gab Vandeleur zurück. »Gar vielem habe ich nachgejagt, von Männern und Frauen bis herab zu Moskitos; als Korallenfischer tauchte ich tief in das Meer; ich habe Walfischen wie Tigern nachgestellt, aber ein Diamant lohnt von allem am meisten die Mühe. Er ist schön und kostbar, er allein vergilt den Schweiß des Jägers in rechter Weise. Im Augenblick bin ich, wie sich Eure Hoheit denken können, auf der Fährte; ich habe eine sichere Hand und eine gewaltige Erfahrung; ich kenne jeden wertvollen Stein in der Sammlung meines Bruders, wie ein Hirt seine Schafe kennt, und ich möchte lieber den Tod erleiden, wenn ich sie nicht allesamt in meinen Besitz bringe.«

»Sir Thomas Vandeleur wird alle Ursache haben, Ihnen dafür dankbar zu sein,« sagte der Prinz.

»Dessen bin ich nicht so sicher,« gab der Diktator auflachend zurück. »Einer von den Vandeleurs wird Ursache dazu haben. Thomas oder Johannes – Peter oder Paul – wir sind alle Apostel.«

»Ihre Worte sind mir unverständlich,« sagte der Prinz, der seinen Abscheu nicht unterdrücken konnte.

Im selben Augenblick meldete der Kellner Herrn Vandeleur, daß seine Droschke vor der Türe seiner harre.

Herr Rolles schaute nach der Uhr und sah, daß auch er fort müsse. Dieser gleichzeitige Aufbruch war ihm unbehaglich, denn er hatte den lebhaften Wunsch, von dem Diamantenjäger nichts mehr zu sehen.

Da der junge Mann infolge angestrengter Studien etwas nervös war, pflegte er beim Reisen keine Kosten zu sparen; so hatte er auch diesmal ein Sofa in einem Schlafwagen für sich genommen.

»Sie können sich's recht bequem machen,« bemerkte der Schaffner; »in Ihrem Abteil ist niemand weiter und am andern Ende nur ein alter Herr.«

Kurz vor Abgang des Zuges, als die Schaffner bereits die Fahrkarten vorzeigen ließen, bekam Herr Rolles seinen Mitreisenden zu Gesicht. Sicher gab es keinen Zweiten auf der Welt, den er nicht lieber gesehen hätte, denn es war – der alte Exdiktator, John Vandeleur.

Die Schlafwagen der Großen Nordbahn bestehen aus drei Abteilungen, beiderseits ist ein Raum für Fahrgäste und in der Mitte ein Wasch- und Toilettenraum. Rolltüren trennen die Seitenräume von der Toilette, da aber an den Türen keine Riegel und Schlösser angebracht sind, so stehen in Wahrheit jedem Fahrgast alle drei Räume zur Verfügung.

Als sich Herr Rolles seine Lage klargemacht hatte, erkannte er, daß er wehrlos sei. Wenn der Diktator ihm im Laufe der Nacht einen Besuch abstatten wollte, so konnte er sich dem nicht entziehen. Dieser Gedanke ängstigte ihn ungemein. Mit bangem Herzen erinnerte er sich an die prahlerischen Reden seines Mitreisenden und seine vor dem entrüsteten Prinzen dargelegten unmoralischen Ansichten. Es fiel ihm ein, daß es Leute geben sollte, die die sonderbare Fähigkeit besitzen, die Anwesenheit von Gold und kostbaren Metallen selbst durch Wände hindurch und auf beträchtliche Entfernungen zu merken. Konnte es sich nicht mit Diamanten ebenso verhalten? Wenn dem aber so war, bei wem konnte man den Besitz dieses unbegreiflichen Sinnes mit größerer Wahrscheinlichkeit vermuten als bei dem, der sich selbst mit seinem Beinamen »Diamantenjäger« brüstete? Es war ihm klar, daß er von einem solchen Manne alles zu fürchten habe, und sehnlichst sah er dem Tagesanbruch entgegen.

Inzwischen versäumte er keine Maßregel der Vorsicht, versteckte seinen Diamanten in der innersten Tasche einer Periode von Überziehern und empfahl sich fromm der himmlischen Vorsehung.

Wie gewöhnlich sauste der Zug mit gleichmäßiger Schnelligkeit dahin, und es war schon beinahe die Hälfte des Weges zurückgelegt, als der Schlummer in Herrn Rolles' unruhvolle Brust einzukehren Miene machte. Eine Zeitlang widerstand er ihm, aber der Schlaf gewann mehr und mehr Macht über ihn, und kurz vor York streckte sich der junge Mann auf das Kissen und ließ seine Lider sich senken; fast im selben Augenblick verließ ihn das Bewußtsein, nachdem sein letzter Gedanke noch seinem entsetzlichen Nachbar gegolten hatte.

Als er erwachte, war es, vom Flackern der verhüllten Lampe abgesehen, noch stockdunkel, und das fortgesetzte Dröhnen und Schwanken zeugte von der unverminderten Schnelligkeit des Zuges. Voll Schreck fuhr Rolles auf, denn die greulichsten Träume hatten ihn gequält. Es dauerte einige Sekunden, bis er die Gewalt über seine Sinne wiedergewann. Auch als er sich nun von neuem niederlegte, kam der Schlaf nicht wieder, und er lag mit heftig arbeitendem Gehirn und offenen, nach der Tür des Waschzimmers gerichteten Augen da. Er zog seinen breitkrempigen Filzhut noch weiter über die Augen, um das Licht abzuhalten, und versuchte die gewöhnlichen Mittel der Schlummerlosen, wie das Zählen bis tausend, um den ersehnten Schlaf herbeizuzwingen. Aber in diesem Falle war alle Mühe umsonst, denn Rolles schwebte in tausend Ängsten, der Gedanke an den Alten am andern Ende des Wagens verfolgte ihn in hunderterlei verschiedenen Formen, und der Diamant in seiner Tasche verursachte ihm, er mochte ihn legen, wie er wollte, ein fühlbares physisches Unbehagen. Er brannte ihn, er war zu groß, er quetschte ihm die Rippen, und es kamen mehr wie einmal blitzartig vorübergehende Momente, in denen er sich halb bewogen fühlte, ihn aus dem Fenster zu werfen.

Während er so dalag, trug sich etwas Sonderbares zu.

Die Rolltür bewegte sich ein wenig und dann noch ein wenig und war schließlich etwa zwanzig Zoll weit aufgezogen. Die Lampe im Zwischenraum war nicht verhüllt, und in der so beleuchteten Öffnung konnte Rolles Herrn Vandeleurs Gesicht, auf dem sich der Ausdruck höchster Spannung widerspiegelte, bemerken. Er war sich bewußt, daß der Blick des Diktators an ihm haftete, und der Instinkt der Selbsterhaltung bewog ihn, seinen Atem zurückzuhalten, bewegungslos dazuliegen, seine Augenlider halb zu schließen und seinen Gast zwischen den Wimpern hindurch zu beobachten. Im nächsten Augenblick wurde der Kopf zurückgezogen und die Tür wieder zugeschoben.

Der Diktator hatte keinen Angriff im Sinne gehabt, sondern nur beobachten wollen; er handelte nicht wie einer, der gegen andere etwas im Schilde führt, sondern wie einer, der sich selbst bedroht fühlt. Er war anscheinend nur gekommen, um sich zu überzeugen, ob sein einziger Mitreisender im Schlafe liege, und hatte sich, nachdem er diese Überzeugung gewonnen, sofort zurückgezogen.

Der Geistliche sprang auf. Der höchste Schrecken hatte bei ihm unvermittelt der entgegengesetzten Stimmung, dem dreistesten Wagemute, Platz gemacht. Er bedachte, daß das Rasseln des Schnellzuges jeden andern Ton verschlinge, und beschloß, komme, was wolle, den Besuch zu erwidern. Er warf seinen Mantel ab, der seine freie Bewegung hindern konnte, trat in den Waschraum und stand still, um zu horchen. Wie er erwartet hatte, war nichts zu hören außer dem Tosen des fortrasenden Zuges. Dann legte er seine Hand vorsichtig auf den Knopf der andern Rolltüre und zog sie leise etwa sechs Zoll zurück. Als er durch den Spalt einen Blick auf sein Gegenüber warf, konnte er einen leisen Ausruf des Erstaunens nicht unterdrücken.

John Vandeleur trug eine Pelzreisemütze mit Ohrklappen, und dies mochte ihn im Verein mit dem Dröhnen des vorwärtsstürmenden Zuges gehindert haben, Rolles' Annäherung zu bemerken. Auf alle Fälle hob er seinen Kopf nicht und fuhr in seiner sonderbaren Beschäftigung unbeirrt fort. Zwischen seinen Füßen stand eine offene Hutschachtel; in einer Hand hielt er den Ärmel seines Überziehers von Seehundsfell und in der andern ein fürchterliches Messer, mit dem er soeben das Futter des Ärmels aufgetrennt hatte. Herr Rolles hatte von Leuten gelesen, die ihr Geld in Gürteln bei sich trugen, und da er nur Gürtel, wie man sie beim Kricketspiel braucht, kannte, so hatte er sich niemals eine rechte Vorstellung von dieser Art der Geldverwahrung machen können. Aber hier bot sich seinen Augen noch ein seltsameres Schauspiel, denn John Vandeleur trug, wie es schien, seine Diamanten im Ärmelfutter, und gerade, wie der junge Diener Gottes hinschaute, sah er einen glitzernden Diamanten nach dem andern in die Hutschachtel fallen.

Er stand da wie festgenagelt und folgte dieser ungewöhnlichen Verrichtung mit den Augen. Die Diamanten waren zumeist klein und weder in Form noch in Feuer voneinander sehr verschieden. Dann aber schien der Diktator auf eine Schwierigkeit zu stoßen; er brauchte beide Hände und neigte sich tiefer herab, aber erst nach vielem Mühen brachte er aus dem Futter ein großes diamantbesetztes Diadem hervor, das er ein paar Sekunden betrachtete, ehe er es zu dem übrigen in die Hutschachtel legte. Das Diadem ließ in Herrn Rolles' Geist ein Licht aufgehen, er erkannte es sofort als zu den Schmuckstücken gehörig, die der herumlungernde Strolch Harry Hartley gestohlen hatte. Es war kein Irrtum möglich, es entsprach genau der Beschreibung des Geheimpolizisten. Da waren die Rubinsterne mit einem großen Smaragd in der Mitte, die funkelnden Halbmonde, die perlenähnlichen Gehänge, je aus einem besonders wertvollen Steine bestehend.

Herr Rolles hatte das Gefühl großer Erleichterung. Der Diktator saß ebensotief in der Tinte wie er selbst; keiner hatte dem andern etwas vorzuwerfen. Es entfuhr ihm ein tiefer Seufzer, dem, da seine Kehle infolge der fortgesetzten Anspannung trocken und seine Brust beklommen war, ein Husten folgte.

Herr Vandeleur blickte auf, sein Gesicht verzerrte sich unter dem Einfluß der finstersten, schrankenlosesten Leidenschaft, seine Augen öffneten sich weit, und das Sinken seines unteren Kinnbackens zeugte von einem an Wut grenzenden Erstaunen. Mit einer unwillkürlichen Bewegung hatte er die Hutschachtel mit dem Mantel bedeckt. Eine halbe Minute lang starrten beide einander stillschweigend an. In diesen wenigen Minuten entschloß sich Herr Rolles, der die Gabe zeigte, in gefährlichen Lagen schnell zu denken, zu einem äußerst waghalsigen Vorgehen, und obschon er sich bewußt war, sein Leben aufs Spiel zu setzen, brach er zuerst das Schweigen.

»Ich bitte um Verzeihung,« sagte er.

Der Diktator bebte sichtlich, und mit heiserer Stimme fragte er:

»Was wollen Sie hier?«

»Ich interessiere mich ausnehmend für Diamanten,« erwiderte Herr Rolles mit der Miene vollkommenster Selbstbeherrschung. »Zwei Kenner sollten miteinander bekannt werden. Ich habe hier auch eine Kleinigkeit, die vielleicht zu meiner Beglaubigung als Diamantenfreund dienen kann.«

Hierbei nahm er ruhig das Futteral aus seiner Tasche, zeigte dem Diktator einen Moment den Diamanten des Rajahs und brachte ihn wieder in Sicherheit.

»Er gehörte einmal Ihrem Bruder,« fügte er hinzu.

John Vandeleur fuhr fort, ihm Blicke fast schmerzlicher Überraschung zuzuwerfen, aber verharrte starr und stumm.

»Ich habe zu meiner Freude bemerkt,« nahm der junge Mann das Wort, »daß wir Edelsteine aus derselben Sammlung haben.«

Der Diktator wurde von Erstaunen überwältigt. »Verzeihen Sie,« sagte er; »ich merke, daß ich alt werde! Auf derartige kleine Zwischenfälle bin ich in der Tat nicht vorbereitet. Aber geben Sie mir über eins Auskunft: Täuschen mich meine Augen, oder sind Sie wirklich ein Geistlicher?«

»Ich habe die Weihen empfangen,« antwortete Herr Rolles.

»Nun,« schrie der andere, »solange ich lebe, soll niemand wieder etwas gegen den Talar sagen.«

»Sie schmeicheln mir,« sagte Herr Rolles.

»Bitte sehr,« erwiderte Vandeleur, »bitte sehr, junger Mann. Sie sind kein Feigling, aber es bleibt noch eine Frage, ob Sie nicht der allerschlimmste Narr sind. Sie sind vielleicht so freundlich,« fuhr er fort und lehnte sich in seinen Sitz zurück, »und beantworten mir ein paar Fragen. Ich muß annehmen, Sie hatten bei Ihrer erstaunlich unverschämten Handlungsweise ein bestimmtes Ziel, und ich gestehe, die Neugier treibt mich, es kennenzulernen.«

»Das ist äußerst einfach,« versetzte der Gottesmann; »es entspringt aus meinem großen Mangel an Lebenserfahrung.«

»Wie ist dies zu verstehen?«

Hierauf erzählte ihm Herr Rolles die ganze Geschichte seiner Beziehungen zum Diamanten des Rajahs, von dem Moment an, wo er ihn in Raeburns Garten fand, bis zu dem Zeitpunkt, als er London mit dem Blitzzug verließ. Er knüpfte daran eine gedrängte Schilderung seiner Gefühle und Gedanken während der Reise und schloß mit folgenden Worten:

»Als ich das Diadem erkannte, wußte ich, daß wir beide der menschlichen Gesellschaft gegenüber die gleiche Stellung einnehmen, und dies erfüllte mich mit einer Hoffnung, von der ich fest glaube, sie wird sich nicht als unbegründet erweisen, der Hoffnung, Sie würden gewissermaßen mein Geschäftspartner werden und mit mir die Gefahren und Schwierigkeiten und natürlich auch den zu erhoffenden Gewinn teilen. Für einen, der Ihre Fachkenntnisse und reiche Erfahrung besitzt, wäre die Verwertung des Diamanten eine verhältnismäßig leichte Aufgabe, während sie für mich geradezu ein Ding der Unmöglichkeit ist. Auf der andern Seite war ich der Meinung, beim Zerschneiden des Diamanten mit meiner ungeübten Hand würde ich wohl nicht weniger verlieren, als mich so eine angemessene Vergeltung für Ihren Beistand kosten würde. Das Thema ist etwas heikler Natur, und vielleicht bin ich zu sehr mit der Tür ins Haus gefallen, aber die Lage war für mich eine völlig ungewohnte, und ich war mit den hierbei üblichen Formen ganz unvertraut. Ich glaube, ohne Überhebung, ich hätte Sie ganz vorschriftsmäßig verheiraten oder taufen können; aber jeder hat seine besonderen Fertigkeiten, und das vorliegende Geschäft fällt ganz und gar aus dem Rahmen der von mir bisher erworbenen Kenntnisse.«

»Ich will Ihnen nicht schmeicheln,« versetzte Vandeleur; »aber Sie haben, auf mein Wort, ein ungewöhnliches Talent für eine Verbrecherlaufbahn. Ihre Fähigkeiten sind umfassender, als Sie meinen; und obwohl ich eine gute Zahl von Schurken an allen Enden der Welt getroffen habe, ist mir doch noch niemals ein so schamloser vorgekommen wie Sie. Glück auf, Herr Rolles, Sie sind jetzt wenigstens im richtigen Fahrwasser. Was meinen Beistand betrifft, so können Sie über mich verfügen. Ich muß nur einen Tag auf ein kleines Geschäft verwenden, das ich für meinen Bruder in Edinburg zu besorgen habe. Ist dies getan, so gehe ich nach Paris zurück, wo ich gewöhnlich meinen Wohnsitz habe. Wenn Sie wollen, können Sie mich dorthin begleiten. Und ehe der Monat um ist, werde ich, denk' ich, auch Ihr kleines Geschäft zu befriedigendem Abschluß gebracht haben.«

Drittes Kapitel

Das Haus mit den grünen Jalousien

Franz Scrymgeour, ein Angestellter der Bank von Schottland in Edinburg, hatte im Rahmen eines ruhigen, ehrenhaften und häuslichen Lebens das fünfundzwanzigste Lebensjahr erreicht. Seine Mutter war gestorben, als er noch Kind war, aber sein Vater, ein verständiger, redlicher Wann, hatte ihm eine gute Schulbildung zuteil werden lassen und erzog ihn auch daheim zu einem ordentlichen und bescheidenen Menschen. Franz zeigte sich daher auch stets eifrig und pflichtgetreu und gab sich mit Herz und Seele seinen geschäftlichen Obliegenheiten hin. Er stieg daher rasch in der Gunst seiner Vorgesetzten und erfreute sich bereits eines jährlichen Gehalts von etwa viertausend Mark, während ihm die Aussicht winkte, es einmal fast auf den doppelten Betrag zu bringen.

Eines Tages erhielt Franz eine Mitteilung von einer bekannten Advokatenfirma, durch die man ihn zu einer dringenden Besprechung einlud. Als Franz der Aufforderung Folge leistete, empfing ihn der erste Inhaber der Firma und eröffnete ihm mit dürren Worten, eine Person, die ungenannt bleiben müsse, wolle Franz eine Jahresrente von zehntausend Mark zukommen lassen. An diese Schenkung seien zwei Bedingungen geknüpft.

»Die Bedingungen,« fuhr der Advokat fort, »sind etwas ungewöhnlicher Natur. In der Tat würde ich mich wohl gar nicht auf die Sache eingelassen haben, wäre mein Auftraggeber nicht ein angesehener und ehrenhafter Mann.«

»Sie können sich nicht vorstellen, wie sehr ich darauf brenne, diese Bedingungen kennenzulernen,« sagte Franz.

»Es sind ihrer zwei,« versetzte der Advokat, »nur zwei, und die Summe, vergessen Sie nicht, beläuft sich auf jährlich zehntausend Mark. Die erste Bedingung ist höchst einfach. Sie müssen Sonntagnachmittag den Fünfzehnten in Paris sein; dort werden Sie an der Theaterkasse der Comédie Française eine auf Ihren Namen gelöste Eintrittskarte erhalten. Sie werden gebeten, während der ganzen Vorstellung in der betreffenden Loge zu bleiben, und das ist alles. Die andere Bedingung ist von größerer Bedeutung,« fuhr der Advokat fort. »Sie betrifft Ihre Verheiratung. Mein Auftraggeber, dem Ihre Wohlfahrt sehr am Herzen liegt, will Ihnen in der Wahl Ihrer Lebensgefährtin unbedingt einen Rat geben. Unbedingt, Sie verstehen,« wiederholte er.

»Wir scheint,« sagte Franz, »man muß abwarten, ob sich nicht das Ganze als unwürdige Posse erweist. Die nähern Umstände sind unerklärlich – fast hätte ich gesagt, unglaublich; und bis ich etwas mehr Licht und einen annehmbaren Beweggrund sehe, würde ich, gestehe ich, nur sehr ungern meine Hand zur Ausführung leihen. In dieser Verlegenheit ersuche ich Sie um Auskunft. Ich muß erfahren, was dieser ganzen Geschichte zugrunde liegt. Wenn Sie mir das nicht sagen können oder dürfen, so nehme ich meinen Hut und gehe zu meiner Bank ebenso, wie ich gekommen bin, zurück.«

»Ich weiß es nicht gewiß,« antwortete der Anwalt, »aber ich kann mir den Zusammenhang wohl denken.«

Hierauf teilte der Sachwalter dem aufs höchste verwunderten Franz mit, daß er gar nicht Herrn Scrymgeours Sohn sei, und daß die ganze Sache nach seiner festen Überzeugung von Franzens unbekanntem Vater ausgehe.

Es wäre unmöglich, Franz Scrymgeours Überraschung bei dieser unerwarteten Mitteilung zu übertreiben. Ganz verwirrt sagte er zu dem Anwalt:

»Nach einer so erstaunlichen Nachricht müssen Sie mir ein paar Stunden zur Sammlung gönnen. Sie sollen heute abend erfahren, wozu ich mich entschlossen habe.«

Der Advokat lobte seine Besonnenheit, und Franz machte, nachdem er sich in seinem Bankgeschäft entschuldigt hatte, einen längeren Spaziergang ins Freie und bedachte den Vorschlag gründlich und von den verschiedensten Seiten. Ein wohltuendes Gefühl der eigenen Bedeutung machte ihn noch überlegsamer, aber der Ausgang konnte von vornherein nicht zweifelhaft sein. Sein ganzes fleischliches Ich fühlte sich unwiderstehlich von den jährlich zehntausend Mark mitsamt den zugehörigen Bedingungen angezogen. Er entdeckte in seinem Herzen eine unüberwindliche Abneigung gegen den Namen Scrymgeour, der ihm doch bis dahin ganz und gar nicht unangenehm gewesen war. Er fing an, die engbegrenzten und nüchternen Interessen seines früheren Lebens verächtlich zu finden, und als er sich erst einmal entschlossen hatte, schritt er, von einem ungewohnten Gefühl von Kraft und Freiheit beseelt, einher und nährte seinen Geist mit den schönsten Zukunftsbildern.

Er sagte nur ein Wort zu dem Advokaten und erhielt sofort eine Geldanweisung auf die zwei letztverflossenen Vierteljahre, denn die Schenkung war auf den ersten Januar vordatiert. Mit diesem Schein in der Tasche ging er heim. Die bisherige Wohnung erschien ihm gemein; zum erstenmal rümpfte sich seine Nase beim Geruch der Bratensoße, und es fielen ihm bei seinem Pflegevater gewisse Mängel in der Lebensart auf, die ihn mit Überraschung und fast mit Entrüstung erfüllten. Der nächste Tag schon sah ihn auf dem Wege nach Paris.

Endlich war hier der bestimmte Samstag herangekommen, und er begab sich am Nachmittag zur Kasse der Comédie Française. Kaum hatte er seinen Namen genannt, so überreichte man ihm die Eintrittskarte in einem Umschlag, dessen Aufschrift kaum trocken war.

»Die Karte ist soeben genommen worden,« sagte der Kassenbeamte.

»Wirklich!« sagte Franz. »Darf ich fragen, wie der Herr aussah?«

»Ihr Freund ist leicht zu beschreiben,« erwiderte der andere. »Er ist alt, kräftig, schön, hat weißes Haar und eine Hiebnarbe quer über das Gesicht. Er ist gar nicht zu verkennen.«

»Allerdings,« gab Franz zurück; »und ich danke Ihnen für Ihre Freundlichkeit.«

»Er kann noch nicht weit sein,« fügte der Kassierer hinzu. »Wenn Sie sich beeilen, so werden Sie ihn wohl noch einholen.«

Franz ließ sich dies nicht zweimal sagen, eiligst lief er aus dem Theater in die Mitte der Straße und sah sich nach allen Richtungen um. Mehr als ein weißhaariger Wann war zu sehen, aber obwohl er einem nach dem andern näher trat, eine Hiebnarbe hatte keiner. Fast eine halbe Stunde suchte er alle Straßen in der Nähe ab, bis er schließlich weiteres Suchen als unnütz erkannte und nur noch planlos und gedankenlos weiterging, um seine aufgeregten Gefühle zur Nutze zu bringen, denn die anscheinend so nahe Zusammenkunft mit einem Wanne, dem er zweifellos das Dasein verdankte, erschütterte den jungen Mann.

Der Zufall brachte ihn aber seinem Ziele näher als vorher sein eifriges Suchen. Denn als er, absichtslos dahinschlendernd, in den äußeren Boulevard kam, sah er zwei Männer in angelegentlicher Unterhaltung auf einer Bank sitzen. Der eine, jung, von dunklem Teint und hübsch, trug weltliche Kleidung, konnte aber den Geistlichen nicht verleugnen. Der andere entsprach völlig der von dem Kassenbeamten gegebenen Beschreibung. Franz fühlte sein Herz schneller klopfen, er wußte, daß er nun die Stimme seines Vaters hören sollte. Er machte einen Umweg und nahm leise hinter dem Paare, das viel zu sehr in seine Unterhaltung vertieft war, um ihn zu bemerken, Stellung. Wie Franz erwartet hatte, bedienten sie sich der englischen Sprache.

»Ihr Verdacht bringt mir schließlich das Blut in Wallung, Rolles,« sagte der Ältere. »Ich sage Ihnen, ich tue mein Äußerstes, man kann doch nicht im Augenblick seine Hand auf Millionen legen. Habe ich nicht aus reiner Gutwilligkeit mich Ihrer, der mir ganz fremd war, angenommen? Leben Sie nicht fast ausschließlich auf meine Kosten?«

»Auf Ihre Vorschüsse, Herr Vandeleur,« fiel der andere ein.

»Vorschüsse, wenn Sie lieber wollen, und Interesse anstatt Gutwilligkeit, wenn es Ihnen so beliebt!« rief Vandeleur zornig. »Ich will mich hier nicht um Ausdrücke streiten. Geschäft ist Geschäft, und Ihr Geschäft ist, vergessen Sie das nicht, zu schmutzig, als daß Sie sich noch aufs hohe Pferd setzen könnten. Entweder vertrauen Sie mir, oder Sie lassen mich in Frieden und suchen sich sonst jemand, aber um's Himmels willen, hören Sie mir mit Ihren Jeremiaden auf!«

»Ich fange an, die Welt kennenzulernen,« versetzte der Jüngere, »und ich sehe, daß Sie viele Gründe haben, falsches Spiel mit mir zu treiben, und nicht einen, ehrlich zu verfahren. Auch ich bin nicht hier, mich über Ausdrücke herumzustreiten. Sie wollen den Diamanten für sich haben, Sie wissen, daß es so ist, Sie wagen es nicht zu leugnen. Haben Sie nicht schon meinen Namen gefälscht und meine Wohnung in meiner Abwesenheit durchstöbert? Ich verstehe die Gründe Ihres Aufschubs; Sie liegen im Hinterhalt, Sie sind in

Wahrheit der Diamantenjäger, und früher oder später, auf diese oder jene Weise wollen Sie Ihre Hände darauf legen. Ich sage Ihnen, das muß aufhören; treiben Sie mich nicht weiter, oder Sie sollen sich wundern!«

»Es steht Ihnen übel an, mir zu drohen,« eiferte Vandeleur dagegen. »Mein Bruder befindet sich in Paris; die Polizei fahndet nach dem Dieb, und wenn Sie nicht aufhören, mich mit Ihrem Gejammer zu plagen, so werde ich Ihnen meinerseits eine kleine Überraschung bereiten, Herr Rolles. Aber meine Überraschung wird ein für allemal mit der Sache aufräumen. Verstehen Sie mich, oder soll ich's Ihnen lieber auf hebräisch sagen? Alles hat seine Grenze, und Sie haben meine Geduld erschöpft. Dienstag beim Abendessen um sieben, nicht einen Tag, nicht eine Stunde, nicht einmal ein Teilchen einer Sekunde früher, und gälte es, Ihr Leben zu retten. Und wollen Sie nicht warten, so fahren Sie meinetwegen in den bodenlosen Abgrund, mir soll's recht sein!«

Bei diesen Worten erhob sich der Diktator von der Bank und ging, kopfschüttelnd und seinen Stock wütend herumschwingend, in der Richtung auf den Montmartre zu fort, während sein Gefährte mit dem Ausdruck großer Niedergeschlagenheit sitzenblieb.

Franz war vor Überraschung und Entsetzen außer sich, seine Gefühle hatten den denkbar schmerzlichsten Stoß erlitten; die zärtliche Hoffnung, mit der er hinter die Bank getreten war, hatte sich in Abscheu und Verzweiflung verwandelt. Doch bewahrte er seine Geistesgegenwart und versäumte keinen Augenblick, der Spur des Diktators zu folgen.

Die zornige Wut ließ diesen mit heftigen Schritten ausgreifen und nahm ihn so in Anspruch, daß er keinen Blick hinter sich warf, bis er vor seiner eigenen Tür ankam.

Sein Haus stand hoch oben in der Lepicstraße, von wo man ganz Paris übersehen kann. Es war zwei Stock hoch, hatte grüne Jalousien, und alle Fenster nach der Straße zu waren hermetisch geschlossen. Baumspitzen schauten über die hohe Gartenmauer, die mit spanischen Reitern geschützt war. Der Diktator blieb einen Augenblick stehen, um nach dem Schlüssel in der Tasche zu suchen, dann öffnete er ein Tor und verschwand hinter der Mauer.

Franz sah sich um, die Gegend war sehr einsam, das Haus stand allein in einem großen Garten. Es schien, als böte sich zu weiteren Nachforschungen keine Gelegenheit. Beim zweiten Umblick gewahrte er jedoch ein hohes Haus daneben, dessen Giebelseite nach dem Garten schaute, und in der Giebelwand ein einziges Fenster. Er trat vor dieses Haus und sah einen Zettel angeschlagen, auf dem unmöblierte Zimmer zum Mieten angeboten wurden. Auf seine Anfrage wurde ihm sodann der Bescheid, daß das Giebelzimmer frei sei. Franz zögerte keinen Moment, er nahm das Zimmer, bezahlte die Miete einen Monat voraus und kehrte zu seinem Gasthaus zurück, um sein Gepäck zu holen.

Mochte der Alte mit der Narbe sein Vater sein oder nicht, und mochte er sich auf richtiger oder falscher Fährte befinden, jedenfalls war er einem großen Geheimnis auf der Spur, und er gab sich selbst das Versprechen, in seinem Forschen nicht eher nachzulassen, bis er diesem Geheimnis auf den Grund gekommen wäre.

Von dem Fenster seiner neuen Wohnung konnte Scrymgeour den Garten des Hauses mit den grünen Jalousien übersehen. Unmittelbar unter seinem Standpunkt beschattete ein schöner Kastanienbaum mit seinen weiten Ästen ein paar Gartentische. Auf allen Seiten außer einer ließ eine üppige Vegetation den Blick nicht bis auf den Boden dringen; nur zwischen den Tischen und dem Hause sah er einen Kiesweg, der von der Veranda zum Gartentor führte. Indem Franz seine Beobachtungen zwischen den Latten der Fensterläden hindurch anstellte, die er, um keine Aufmerksamkeit zu erregen, nicht zu öffnen wagte, konnte er nur wenig entdecken, woraus er auf die Lebensweise der Bewohner hätte schließen können, und dieses wenige zeugte nur von strengster Zurückgezogenheit und Liebe zur Einsamkeit. Der Garten sah aus wie der eines Klosters, das Haus wie ein Gefängnis. Die grünen Jalousien waren sämtlich niedergelassen, die Verandatür geschlossen, der Garten lag im Abendsonnenschein, soweit er sehen konnte, völlig einsam da. Eine dünne Rauchwolke aus einem einzigen Schornstein zeugte allein von der Anwesenheit lebender Wesen.

Um nicht ganz müßig zu sein und seinem Leben einen gewissen Anstrich zu geben, hatte Franz ein französisches Lehrbuch der Geometrie gekauft, dessen Inhalt er abschrieb und übersetzte, wobei er seinen Koffer als Schreibtisch benutzte und auf dem Fußboden mit dem Rücken an die Wand gelehnt dasaß, da sein Zimmer unmöbliert war. Von Zeit zu Zeit stand er auf und warf einen Blick auf die Umgebung des Hauses mit den grünen Jalousien; aber die Fenster blieben hartnäckig geschlossen und der Garten leer.

Nur spät am Abend trat ein Ereignis ein, das seine fortgesetzte Aufmerksamkeit belohnte. Zwischen neun und zehn Uhr weckte ihn der helle Klang einer Glocke aus dem Halbschlummer. Schnell nahm er seinen Beobachtungsposten ein, worauf er ein ziemliches Geräusch von aufgeschlossenen Schlössern und zurückgeschobenen Riegeln hörte und Herrn Vandeleur mit einer Laterne in der Hand und in weitem schwarzem Samtmantel und mit einer Samtkappe auf dem Kopf von der Veranda langsam auf das Tor zugehen sah. Dann wiederholte sich der Klang von Schlössern und Riegeln, und einen Augenblick später konnte der Späher beobachten, wie der Diktator beim flackernden Scheine der Laterne einen offenbar der niedrigsten und verächtlichsten Menschenrasse ungehörigen Mann zum Hause geleitete.

Eine halbe Stunde darauf wurde der Fremde wieder hinausgeführt, und Herr Vandeleur setzte die Laterne auf einen der erwähnten Gartentische und rauchte anscheinend mit großem Behagen eine Zigarre unter den Ästen des Kastanienbaumes. Franz konnte durch eine laubfreie Stelle allen seinen Bewegungen folgen, er sah sogar, wenn jener die Asche abschüttelte oder aus der Zigarre einen kräftigen Zug tat. Die Stirn Vandeleurs war jetzt gerunzelt und seine Lippen zusammengepreßt, als hinge er schmerzlichen Gedanken nach. Als die Zigarre beinahe verraucht war, ließ sich plötzlich die Stimme eines jungen Mädchens hören, die aus dem Innern des Hauses dem Diktator mahnend zurief, es sei schon so spät.

»In einem Augenblick,« erwiderte John Vandeleur.

Zugleich warf er den Stummel fort, nahm die Laterne und wandte sich der Veranda zu. Sobald die Tür geschlossen war, lag das Haus in vollkommener Dunkelheit da. Franz mochte seine Sehkraft anstrengen, soviel er wollte, er konnte auch nicht einen einzigen Lichtfunken an einem der Fenster des geheimnisvollen Hauses entdecken, und er zog daraus den ganz vernünftigen Schluß, daß die Schlafzimmer sämtlich auf der andern Seite lägen.

Als er am nächsten Morgen nach einem unbequemen Nachtlager auf dem Fußboden frühzeitig aufwachte, sah er sich veranlaßt, die am Abend vorher bemerkte Dunkelheit auf andere Weise zu erklären. Die Jalousien gingen eine nach der andern in die Höhe, und dahinter zeigten sich schwere Rolläden, wie sie gewöhnlich vor Schaufenstern angebracht sind. Diese wurden gleichfalls, ohne daß dabei eine Person sichtbar wurde, hinaufgezogen, und hierauf blieben sämtliche Fenster etwa eine Stunde lang geöffnet.

Während Franz noch auf diese erstaunlichen Sicherheitsvorrichtungen schaute, öffnete sich die Tür des Hauses, und ein junges Mädchen trat auf die Schwelle und sah hinaus. Sie blieb keine zwei Minuten stehen, aber diese kurze Zeit genügte, Franz zu überzeugen, daß sie ganz ungewöhnliche Reize besaß. Dadurch wurde nicht nur in hohem Grade seine Neugier erregt, sondern es hob sich auch sein Mut bedeutend. Der zweifelhafte Charakter und die verdächtige Lebensweise seines Vaters beunruhigten ihn hinfort nicht mehr, er fühlte sich von Stunde an seiner Familie aufs innigste verbunden, und mochte die junge Dame nun seine Schwester oder seine Verlobte sein, er war überzeugt, daß sie ein Engel sei. Dieses Gefühl beherrschte ihn bereits in dem Maße, daß er bei dem plötzlichen Gedanken, wie wenig Sicheres er wisse, und wie leicht er einer falschen Person gefolgt sein könne, als er Herrn Vandeleur nachging, von jähem Schrecken erfüllt wurde.

Der Hauspförtner, bei dem er sich erkundigte, vermochte ihm nur wenig Auskunft zu geben, und was er sagte, klang geheimnisvoll und zweifelhaft. Der Nachbar sei ein ungeheuer reicher und dementsprechend in seinen Neigungen und Gewohnheiten überspannter Engländer. Das Fräulein sei seine Tochter, werde aber trotzdem ganz einfach gehalten und gehe täglich mit einem Korb am Arme selbst auf den Markt, um Lebensmittel einzukaufen.

Am Sonntag war Franz beizeiten auf seinem Platz im Theater. Da dieser besonders ausgewählt war, so ließ sich aus seiner Lage sicher ein Schluß ziehen, und Franz sagte sich bald, daß wahrscheinlich die Loge zu seiner Rechten in irgendeiner Beziehung zu dem Drama stehe, in dem er unwissentlich eine Rolle spielen sollte. Diese Loge lag so, daß ihn ihre Insassen, wenn sie wollten, von Anfang bis zu Ende der Vorstellung beobachten konnten, während sie selbst bei der Tiefe der Loge in der Lage waren, sich jeder Gegenbeobachtung zu entziehen.

Aber erst, als der zweite und letzte Akt begonnen hatte, sah Franz, der die verdächtige Loge keinen Augenblick aus den Augen ließ, daß sich die Logentür auftat und zwei Personen hereinkamen, die sich sofort in den dunkelsten Teil der Loge zurückzogen. Franz war kaum imstande, seine Bewegung zu meistern. Es waren Herr Vandeleur und seine Tochter. Das Blut rollte ihm mit unheimlicher Schnelligkeit durch die Adern, die Ohren klangen ihm, und sein Kopf wirbelte. Er wagte nicht hinzublicken, um keinen Verdacht zu erregen. Auf dem Theaterzettel, den er von Anfang bis zu Ende immer wieder durchlas, tanzten die Buchstaben vor seinen Augen herum, und wenn er einen Blick auf die Bühne warf, schien sie ihm unermeßlich fern zu sein, und die Stimmen und Bewegungen der Schauspieler kamen ihm höchst abgeschmackt und lächerlich vor.

Von Zeit zu Zeit wagte er einen schnellen Blick nach der ihn vor allen anziehenden Richtung zu werfen, und wenigstens das eine Mal war er überzeugt, den Augen des jungen Mädchens begegnet zu sein. Ein elektrischer Schlag durchzitterte seinen Körper, und er sah alle Farben des Regenbogens. Was hätte er nicht darum gegeben, der Unterhaltung der Vandeleurs lauschen zu können! Was hätte er nicht darum gegeben, wenn er den Mut gefunden hätte, sein Opernglas zu nehmen und sich über ihre Haltung und ihren Ausdruck zu vergewissern? Dort fiel, wie er annahm, die Entscheidung über sein ganzes Leben, und er war außerstande, einzugreifen oder auch nur der Verhandlung zu folgen, und sah sich dazu verurteilt, in ohnmächtiger Beklommenheit dazusitzen.

Endlich war der Aufzug zu Ende. Der Vorhang fiel, und die Leute um ihn herum verließen ihre Plätze. Franz folgte mit möglichster Beschleunigung ihrem Beispiel. Als er aber gerade bei der Loge angelangt war und erwartungsvoll einen schnellen Blick hineinwarf, hätte er laut aufschreien mögen: die Loge war bereits leer, und ihre Insassen hatten offenbar das Theater verlassen. Mechanisch setzte er seine Füße wieder in Bewegung und ließ sich von der Menge willenlos aus dem Theater hinausschieben. Als das Gedränge auf der Straße aufhörte, blieb er stehen, und die kühle Abendluft brachte ihn bald wieder zu sich. Zu seiner Verwunderung schmerzte ihn der Kopf heftig, und er konnte sich an kein Wort des gesehenen Schauspiels erinnern. Nachdem die Aufregung gewichen war, empfand er ein überwältigendes Verlangen nach Schlaf, er winkte daher einer Droschke und fuhr im Zustande höchster Erschöpfung und Enttäuschung nach seiner Wohnung.

Am nächsten Morgen lag er im Anschlag auf Fräulein Vandeleur bei ihrem Ausgange auf den Markt, und um acht Uhr sah er sie die Straße herunterkommen. Sie war einfach, ja ärmlich gekleidet, aber in der Haltung des Kopfes lag etwas Anmutvolles und Edles, das auch der dürftigsten Kleidung Glanz verliehen hätte. Selbst ihren Korb verstand sie so zu tragen, daß er ihr zur Zierde gereichte. Es kam Franz vor, als sei der Sonnenschein an ihre Fersen geheftet und fliehe der Schatten vor ihrem Schritt, und zum erstenmal wurde er sich bewußt, einen Vogel singen zu hören, dessen Käfig an einem der nächsten Häuser hing.

Er trat in einen Torweg, ließ sie vorübergehen, schritt dann wieder hinter ihr her und rief ihr zu:

»Fräulein Vandeleur!«

Sie wandte sich um und wurde, als sie ihn bemerkte, totenbleich.

»Verzeihen Sie mir,« fuhr er fort; »der Himmel weiß, ich wollte Sie nicht erschrecken, und es sollte auch der Anblick eines Menschen, der Ihnen so wohlgesinnt ist wie ich, nichts Erschreckendes für Sie haben. Und glauben Sie mir, ich handle eher unter dem Drange der Notwendigkeit als aus freiem Willen. In so vielen Punkten berühren sich unsere Interessen, und ich tappe ganz im Dunkeln. So vieles sollte ich tun, aber meine Hände sind gebunden. Ich weiß nicht einmal, welche Gefühle ich hegen soll, und wer mein Freund oder mein Feind ist.«

Sie unterdrückte gewaltsam ihre Erregung und sagte leise:

»Ich weiß nicht, wer Sie sind.«

»O doch, Fräulein Vandeleur, Sie wissen es,« gab er zurück, »besser als ich selbst. Gerade über diesen Punkt suche ich vor allem Licht. Sagen Sie mir, was Sie wissen,« sagte er bittend. »Sagen Sie mir, wer Sie sind und wie unsere Geschicke miteinander verknüpft sind. Sprechen Sie nur ein Wort, das mir einen festen Halt gibt, nennen Sie mir nur den Namen meines Vaters, wenn Sie wollen, – und ich werde dankbar und zufrieden sein.«

»Ich will Sie nicht zu täuschen versuchen,« erwiderte sie. »Ich weiß, wer Sie sind, aber ich darf es nicht sagen.«

»Sagen Sie mir wenigstens, daß Sie mir meine Unbescheidenheit verziehen haben, und ich werde mit aller Geduld, deren ich fähig bin, warten,« sagte er. »Kann ich es nicht erfahren, so muß ich mich so begnügen. Es ist grausam, aber ich kann es ertragen, wenn ich nicht zu fürchten brauche, daß Sie mir zürnen.«

»Was Sie getan haben, war ganz natürlich,« sagte sie, »und ich habe Ihnen nichts zu vergeben. Leben Sie wohl!«

»Soll das ein Lebewohl auf immer sein?« fragte er.

»Das weiß ich selbst nicht,« antwortete sie. »Leben Sie wohl auf Wiedersehen, wenn Sie das lieber hören!«

Und damit ging sie davon.

Franz kehrte in einem Zustande großer Erregung in sein Zimmer zurück. Er kam an diesem Vormittag mit seiner Geometrie recht wenig vorwärts und befand sich mehr am Fenster als an seinem improvisierten Schreibtische. Aber außer der Rückkehr des Fräuleins Vandeleur und der Begrüßung zwischen ihr und ihrem Vater, der auf der Veranda eine Zigarre rauchte, war bis Mittag nichts Erwähnenswertes in und an dem Hause mit den grünen Jalousien zu bemerken. Der junge Mann nahm in einer nahen Wirtschaft ein hastiges Mahl ein und kehrte mit der Eile unbefriedigter Neugier zu dem Hause in der Lepicstraße zurück. Ein Diener in Galakleidung führte hier ein gesatteltes Pferd an der Gartenmauer auf und nieder, und der Pförtner von Franzens Wohnung saß, in die Betrachtung der Livree und des Rassepferdes versunken, mit einer Zigarre im Munde und bequem an die Wand gelehnt, da und rief dem jungen Manne zu:

»Sehen Sie nur, was für ein edles Tier, was für eine reiche Livree! Es gehört dem Bruder des Herrn Vandeleur, der jetzt dort einen Besuch macht. Er ist in Ihrem Lande ein großer Mann, ein General, und er ist es auch, der den großen indischen Diamanten verloren hat. Davon müssen Sie doch in den Zeitungen gelesen haben.«

Sobald sich Franz losmachen konnte, lief er die Treppe hinauf zu seinem Fenster. Unmittelbar unter der laubfreien Stelle des Kastanienbaumes saßen die beiden Herren, rauchend und in eifriger Unterhaltung begriffen. Der General, ein rotwangiger Mann von militärischem Aussehen, hatte unverkennbar einige Familienähnlichkeit mit seinem Bruder; er hatte etwas von seinen Zügen, etwas, wenn auch sehr wenig, von seiner freien, gebietenden Haltung, aber er war älter, kleiner, und sein Gesichtsausdruck war gewöhnlicher. Seine Ähnlichkeit war mehr die einer Karikatur, und er machte alles in allem neben dem Diktator einen ziemlich kläglichen Eindruck.

Sie sprachen, obschon offenbar mit dem größten Interesse, doch so leise, daß Franz nur dann und wann ein Wort auffangen konnte. Aus dem wenigen, was er vernahm, glaubte er schließen zu dürfen, daß er selbst und sein Geschick den Gegenstand der Unterhaltung bilde, denn mehrmals traf der Name Scrymgeour sein Ohr, und noch häufiger glaubte er seinen Vornamen unterscheiden zu können.

Schließlich stieß der General zornerfüllt heftig hervor:

»Franz Vandeleur! Franz Vandeleur, sage ich dir!«

Der Diktator machte mit seinem ganzen Körper eine halb abweisende, halb verächtliche Bewegung, aber seine Antwort war für den jungen Mann unhörbar.

Ob er wohl der Franz Vandeleur war? Sprachen sie über den Namen, unter dem er verheiratet werden sollte? Oder war das Ganze nur ein Traum und ein Selbstbetrug seiner überreizten Einbildungskraft?

Nachdem sie sich hierauf längere Zeit leise unterhalten hatten, schienen sie wieder uneins geworden zu sein, und von neuem ließ sich die zornige Stimme des Generals vernehmen.

»Meine Frau?« rief er. »Ich bin mit ihr fertig. Ich will ihren Namen nicht mehr hören, es macht mich krank, wenn ich nur an sie erinnert werde.«

Und unter lautem Fluchen schlug er mit der Faust auf den Tisch.

Der Diktator schien ihn in väterlicher Weise beruhigen zu wollen und geleitete ihn bald darauf zur Gartentür. Die Brüder drückten sich anscheinend herzlich die Hände, aber kaum hatte sich die Tür hinter seinem Besucher geschlossen, so brach John Vandeleur in ein unmäßiges Gelächter aus, das in Franz Scrymgeours Ohren einen unfreundlichen, ja teuflischen Klang hatte.

So ging ein weiterer Tag vorüber, und die Ausbeute war nur gering. Aber der junge Mann erinnerte sich, daß der nächste Tag der Dienstag war, von dem er sich wichtigere Enthüllungen versprach; vielleicht, wenn's Glück gut war, gelang es ihm dann, dem Geheimnis, das seinen Vater und seine Familie umschwebte, auf den Grund zu kommen.

Als die Stunde des mit dem anscheinenden Geistlichen auf Dienstag verabredeten Mahles näherrückte, waren viele Vorbereitungen im Garten des geheimnisvollen Hauses bemerkbar. Der Tisch, den Franz durch die Kastanienblätter teilweise sehen konnte, sollte als Serviertisch dienen und war mit Tellern, Schüsseln und dergleichen besetzt. Der andere, fast ganz verborgene, war offenbar für die Speisenden bestimmt, und Franz sah den Schimmer vom weißen Tischtuch und dem silbernen Tafelgerät.

Herr Rolles stellte sich pünktlich auf die Minute ein; er machte den Eindruck eines Mannes, der auf seiner Hut ist, und sprach wenig und in leisem Tone. Der Diktator schien dagegen besonders wohlgelaunt zu sein. Sein frisch und angenehm klingendes Lachen tönte häufig zu dem Lauscher hinauf; aus den wechselvollen Klängen seiner Stimme konnte man entnehmen, daß er manchen Spaß erzählte und die Sprechweisen verschiedener Völker nachmachte, und ehe er und der junge Geistliche ihr Glas Wermut ausgetrunken hatten, schien aus der Brust des letzteren jedes Gefühl des Mißtrauens verschwunden, und sie schwatzten zusammen wie ein Paar Schulkameraden.

Schließlich erschien Fräulein Vandeleur mit einer Suppenterrine. Herr Rolles beeilte sich, ihr behilflich zu sein; sie aber lehnte lachend seinen Beistand ab. Die drei tauschten darauf allerhand scherzhafte Bemerkungen aus, die sich auf den Umstand zu beziehen schienen, daß sie sich selbst zu bedienen hatten.

»Es ist so viel gemütlicher,« erklärte Herr Vandeleur.

Im nächsten Augenblick waren alle drei an ihren Plätzen, und Franz konnte ebensowenig sehen, als er zu hören vermochte, was weiter vor sich ging. Doch schien es beim Mahle heiter zuzugehen, da beständig fröhliche Stimmen und der Klang von Messern und Gabeln hörbar waren; Franz, der nur an einer Semmel zu knabbern hatte, konnte nicht ohne Neid an die lange, üppige Schmauserei denken. Eine Schüssel nach der andern wurde aufgetragen, und dann kam noch ein erlesener Nachtisch, bei dem der Diktator mit eigener Hand eine Flasche alten Wein entkorkte. Als die Dunkelheit hereinbrach, wurde eine Lampe auf den Speisetisch gestellt und ein paar Kerzen auf den andern, denn der Abend war völlig heiter und sternhell und die Luft unbewegt. Auch von der Tür und den Fenstern der Veranda strömte Licht in den Garten, so daß dieser feenhaft beleuchtet war und die dunklen Blätter schimmerten.

Fräulein Vandeleur ging vielleicht zum zehntenmal ins Haus und kehrte diesmal mit dem Kaffeegeschirr zurück, das sie auf den Nebentisch setzte. Zugleich erhob sich ihr Vater von seinem Sitz.

»Der Kaffee ist mein Gebiet,« hörte ihn Franz sagen.

Und im nächsten Augenblick sah er seinen vermeintlichen Vater beim Scheine der Kerzen am Nebentisch stehen.

Indem er sich dabei fortwährend an der Unterhaltung beteiligte, füllte Herr Vandeleur zwei Tassen mit dem belebenden braunen Safte, und dann goß er mit der schnellen Bewegung eines Taschenspielers den Inhalt eines kleinen Fläschchens in die kleinere Tasse. Dies führte er mit solcher Geschwindigkeit aus, daß selbst Franz, der ihm gerade ins Gesicht schauen konnte, der Bewegung erst inneward, als sie schon geschehen war. Und im nächsten Augenblick hatte sich Herr Vandeleur, noch lachend, mit einer Tasse in jeder Hand umgedreht.

»Ehe wir hiermit fertig sind,« sagte er, »können wir unsern berühmten Hebräer erwarten.«

Es wäre unmöglich, Franzens Verwirrung und Herzeleid zu beschreiben. Er sah, wie sich vor seinen Augen ein Verbrechen abspielte, und fühlte sich gedrungen dazwischenzutreten, wußte aber nicht, wie. Es konnte sich nur um einen Scherz handeln, und wie würde es dann aussehen, wenn er als überflüssiger Warner eingriff?

Wenn es aber ernst gemeint war, so war der Verbrecher vielleicht sein eigener Vater, und müßte er es dann nicht bitter beklagen, seinen Erzeuger ins Verderben gestürzt zu haben? Er preßte sich fest an die Fensterläden, sein Herz pochte laut und unregelmäßig, und er fühlte einen starken Schweiß an seinem Körper ausbrechen.

Mehrere Minuten vergingen.

Es kam ihm vor, als ob die Unterhaltung immer weniger lebhaft würde, aber noch bemerkte er kein weiteres beunruhigendes Zeichen.

Auf einmal vernahm er das Klirren eines zerbrochenen Glases und darauf ein schwaches dumpfes Geräusch, wie wenn jemand mit dem Kopf gegen den Tisch gefallen wäre. Zugleich ließ sich ein durchdringender Schrei hören.

»Was hast du getan?« rief Fräulein Vandeleur. »Er ist tot.«

Der Diktator stieß leise, aber so scharf und heftig, daß der Lauscher am Fenster jedes Wort verstehen konnte, zwischen den Zähnen hervor:

»Still! Der Mann ist so gesund wie ich. Fass' du ihn an den Fersen, während ich ihn an den Schultern nehme.«

Franz hörte, wie Fräulein Vandeleur in heftiges Schluchzen ausbrach.

»Hörst du, was ich sage?« nahm der Diktator wieder in gleicher Weise das Wort. »Oder willst du mit mir Streit anfangen? Wie, ist das deine Absicht?«

Hierauf trat von neuem eine Pause ein, bis der Diktator wiederholte:

»Nimm den Mann bei den Fersen. Ich muß ihn ins Haus bringen. Wäre ich ein wenig jünger, so würden mir meine eigenen Kräfte genügen. Jetzt aber, wo mir Alter und Gefahren zusetzen und meine Hände schwächer geworden sind, bedarf ich deines Beistandes.«

»Es ist ein Verbrechen,« erwiderte das Mädchen.

»Ich bin dein Vater,« sagte Herr Vandeleur.

Diese Berufung auf die Kindespflicht des Gehorsams schien ihre Wirkung nicht zu verfehlen. Es machte sich ein scharrendes Geräusch auf dem Kies vernehmbar, ein Stuhl wurde umgeworfen, und nun sah Franz Vater und Tochter über den Weg stolpern und mit dem leblosen Körper des Herrn Rolles unter der Veranda verschwinden. Der junge Geistliche war völlig bleich, sein Kopf schwankte bei jedem Schritte hin und her.

War er lebendig oder tot? Franz neigte sich trotz der Erklärung des Diktators der letzteren Ansicht zu. Ein großes Verbrechen war begangen worden; großes Unheil schwebte über den Bewohnern des Hauses mit den grünen Jalousien. Zu seinem eigenen Erstaunen wurde sich Franz bewußt, daß all sein Schauder vor der Untat unterging in der Besorgnis um das Mädchen und den alten Mann, die ihm in höchster Gefahr zu schweben schienen. Eine Sturmflut hochherzigen Mitgefühls überschwemmte sein Herz, auch er wollte seinem Vater beistehen gegen Erde und Himmel, gegen Schicksal und Gerechtigkeit, und er stieß die Läden auf, schloß die Augen und warf sich mit ausgebreiteten Armen in das Laubwerk des Kastanienbaumes.

Ein Zweig nach dem andern wich unter dem Drucke seines Körpers beiseite oder brach, dann kam ein kräftiger Ast unter seine Achselhöhle; eine Sekunde blieb er so hängen, und hierauf ließ er sich fallen und stieß ziemlich heftig gegen den Tisch. Ein lauter Schrei vom Hause her sagte ihm, daß sein Erscheinen nicht unbemerkt geblieben sei. Mit einem Ruck war er wieder auf den Füßen, und drei Sätze brachten ihn vor die Verandatür.

In einem kleinen mit Matten belegten Gemache, an dessen Wänden sich ringsum polierte Sammelkästen befanden, stand Herr Vandeleur, über Herrn Rolles' Körper geneigt. Als Franz eintrat, richtete er sich auf, und zugleich erfolgte eine schnelle Bewegung von Hand zu Hand. Es war das Werk einer Sekunde, im Augenblick war es geschehen, der junge Mann hatte keine Zeit, sich darüber zu vergewissern, aber es schien ihm, als hätte der Diktator etwas von der Brust des Daliegenden genommen, einen kurzen Moment darauf geschaut und es dann hastig seiner Tochter zugesteckt.

Dies hatte sich alles abgespielt, während Franz noch mit einem Fuß auf der Schwelle stand und den andern aufhob. Im nächsten Augenblick lag er vor Herrn Vandeleur auf den Knien.

»Vater,« rief er, »nehmen Sie auch meine Hilfe an. Ich will tun, was Sie verlangen, ohne zu fragen. Mein Leben gebe ich für Sie hin; erkennen Sie mich als Ihr Kind an, und Sie werden in mir einen ergebenen, liebevollen Sohn finden.«

Ein schrecklicher Ausbruch von Flüchen war des Diktators erste Erwiderung.

»Sohn und Vater?« schrie er; »Vater und Sohn? Was für eine verdammte Komödie ist denn das? Wie kommen Sie in meinen Garten? Was wollen Sie? Und wer, in Teufels Namen, sind Sie?«

Halbbetäubt und schamerfüllt sprang Franz auf und stand schweigend da.

Dann schien Herrn Vandeleur ein Licht aufzugehen, und er lachte überlaut.

»Ah, ich sehe,« sagte er. »Es ist der Scrymgeour. Herrlich, Herr Scrymgeour. Lassen Sie mich Ihnen in kurzen Worten sagen, wie's mit Ihnen steht. Sie sind mit Gewalt oder durch Betrug in mein Haus eingedrungen, und Sie kommen mit Ihren albernen Deklamationen gerade in einem besonders unpassenden Augenblicke, nachdem ein Gast bei Tisch in Ohnmacht gefallen ist. Sie sind kein Sohn von mir. Sie sind ein Bastard meines Bruders von einem Fischweib, wenn Sie's wissen wollen. Mir sind Sie nicht nur völlig gleichgültig, sondern eher noch widerwärtig, und nach Ihrer Aufführung möchte ich glauben, Ihr geistiger Zustand entspricht völlig Ihrer äußeren Erscheinung. Dieses mein Urteil empfehle ich Ihnen zur näheren Erwägung für Ihre Mußestunden, und inzwischen seien Sie so freundlich, uns von Ihrer werten Gegenwart zu befreien. Wäre ich nicht gerade anderweitig beschäftigt,« fügte der Diktator mit einem mehr als kräftigen Fluche hinzu, »so würde ich Ihnen noch zur Erinnerung eine gehörige Tracht Prügel mit auf den Weg geben.«

Franz hörte diesen rohen Erguß mit tiefer Beschämung an. Er hätte sich eiligst aus dem Staube gemacht, wäre dies möglich gewesen, aber da er nicht wußte, auf welche Weise er aus der Wohnung, in die er so unglückseligerweise gekommen war, hinausgelangen sollte, blieb ihm nichts anderes übrig, als dumm und stumm stehenzubleiben.

Fräulein Vandeleur brach das Schweigen zuerst.

»Vater,« sagte sie, »du sprichst im Zorn, Herr Scrymgeour mag im Irrtum gewesen sein, aber seine Absicht war gut und freundlich.«

»Gut, daß mich deine Worte daran erinnern,« versetzte der Diktator; »ich halte es für Ehrensache, Herrn Scrymgeour noch eine weitere Eröffnung zu machen. Mein Bruder,« fuhr er, zu dem jungen Mann gewendet, fort, »ist so töricht gewesen, Ihnen eine Rente zu geben; er war so töricht und anmaßend, Sie mit dieser jungen Dame verloben zu wollen. Sie wurden ihr vor zwei Tagen gezeigt, und ich freue mich, Ihnen sagen zu können, daß sie den Gedanken mit Abscheu von sich wies. Lassen Sie mich hinzufügen, daß ich auf Ihren Vater einen bedeutenden Einfluß ausübe, und mein Fehler wird's gewiß nicht sein, wenn Ihre Rente Ihnen nicht ehestens entzogen wird und Sie, bevor die Woche um ist, wieder hinter Ihrem Schreibtisch sitzen.«

Der Ausdruck, mit dem der alte Mann diese Worte sprach, war womöglich noch verletzender als das, was er sagte. Unter dem Stachel dieser beißenden Rede und der unerträglichen Verachtung wandte sich Franz um, bedeckte sein Gesicht mit den Händen und brach in ein entsetzliches tränenloses Schluchzen aus. Doch Fräulein Vandeleur trat noch einmal für ihn ein.

»Herr Scrymgeour,« sagte sie mit klarer Stimme und ruhigem Tonfall, »Sie müssen sich meines Vaters rauhe Worte nicht so zu Herzen nehmen. Ich empfand durchaus keinen Widerwillen gegen Sie, im Gegenteil, ich bat um eine Gelegenheit, Sie besser kennenzulernen. Was die Ereignisse des heutigen Abends betrifft, so glauben Sie mir, daß sie mich nicht minder mit Bedauern wie mit Achtung für Sie erfüllt haben.«

Gerade in diesem Augenblick machte Herr Rolles eine krampfhafte Armbewegung, die Franz überzeugte, daß er nur betäubt worden war. Herr Vandeleur beugte sich über sein Opfer und schaute ihm prüfend ins Gesicht.

»Komm, komm!« stieß er, zu seiner Tochter gewendet, hervor, seinen Kopf erhebend. »Das Ding muß ein Ende nehmen, und da dir seine Aufführung so sehr zu gefallen scheint, so nimm ein Licht und zeige dem Bastard den Weg auf die Straße.«

Die junge Dame tat sofort nach dem Befehl.

»Ich danke Ihnen,« sagte Franz, sobald er mit ihr allein im Garten war. »Ich danke Ihnen von ganzem Herzen. Das war der bitterste Abend meines Lebens, aber er wird mir wenigstens auch *eine* angenehme Erinnerung bieten.«

»Ich habe nur ausgesprochen, was ich empfand,« entgegnete sie, »und was die Gerechtigkeit verlangte. Es tat meinem Herzen wehe, daß Sie so unfreundlich behandelt wurden.«

Inzwischen waren sie am Gartentor angelangt, und Fräulein Vandeleur, die das Licht auf den Boden gesetzt hatte, schob bereits den Riegel zurück.

»Noch ein Wort,« sagte Franz. »Dies ist nicht das letztemal! – ich werde Sie wiedersehen, nicht wahr?«

»Ach,« antwortete sie. »Sie haben meinen Vater gehört. Was kann ich anderes tun als gehorchen?«

»Sagen Sie mir wenigstens, daß dies nicht Ihrem Willen entspricht,« gab Franz zurück; »sagen Sie mir, daß es nicht Ihr Wunsch ist, mich nicht wiederzusehen.«

»Gewiß,« sagte sie, »das ist mein Wunsch nicht. Sie scheinen mir ebenso kühn wie ehrenhaft zu sein.«

»Dann,« sagte Franz, »geben Sie mir ein Andenken!«

Mit der Hand auf dem Schlüssel, den sie nur noch umzudrehen hatte, um das Tor völlig zu öffnen, stand sie einen Augenblick unentschlossen. Dann sagte sie:

»Wollen Sie mir auch versprechen, ganz genau, Punkt für Punkt nach meiner Weisung zu tun?«

»Können Sie fragen?« entgegnete Franz. »Auf Ihr bloßes Wort würde ich es mit Freuden tun.«

»So sei es drum,« sagte sie. »Sie wissen nicht, worum Sie bitten, aber sei es drum. Was Sie auch hören,« fuhr sie fort, »was auch geschieht, kehren Sie nicht in dieses Haus zurück! Eilen Sie fort, bis Sie die beleuchteten und belebten Teile der Stadt erreichen, und auch da seien Sie auf Ihrer Hut! Sie schweben in größerer Gefahr, als Sie meinen. Versprechen Sie mir, daß Sie mein Andenken nicht einmal ansehen wollen, bis Sie sich in Sicherheit befinden.«

»Ich verspreche es,« versetzte Franz.

Sie legte etwas, das lose in ein Taschentuch gewickelt war, in die Hand des jungen Mannes; zugleich schob sie ihn mit mehr Kraft, als er ihr zugetraut hätte, auf die Straße und rief:

»Laufen Sie, laufen Sie!«

Er hörte das Tor hinter sich schließen und die Riegel vorschieben.

»Meiner Treu,« sprach er zu sich, »da ich's mal versprochen habe.«

Und dabei lief er eine Straße, die in die Ravignanstraße führt, hinunter.

Noch keine fünfzig Schritt war er von dem Hause mit den grünen Jalousien entfernt, als auf einmal ein ganz teuflisches Wutgeschrei die Stille der Nacht durchdrang. Unwillkürlich machte er halt, ein zweiter Fußgänger folgte seinem Beispiel, in den nächsten Häusern eilten die Bewohner an die Fenster; eine Feuersbrunst hätte in dieser einsamen Stadtgegend keine größere Aufregung verursachen können. Und doch schien das Geschrei nur von einem einzigen Mann auszugehen, der vor Schmerz und Wut brüllte wie eine Löwin um ihre Jungen, und Franz hörte zu seiner größten Bestürzung und Beunruhigung seinen eigenen Namen, untermischt mit englischen Verwünschungen.

Seine erste Regung war umzukehren, dann besann er sich aber auf Fräulein Vandeleurs Rat und machte sich eben mit doppelter Eile auf den Weg, als er den Diktator, ohne Kopfbedeckung, mit wirrem Haar und laut schreiend, wie eine abgefeuerte Kanonenkugel die Straße nach der entgegengesetzten Richtung hinunterlaufen sah.

Da bin ich knapp seinem Rachen entronnen, dachte Franz bei sich. »Was er von mir will und was ihn so toll gemacht hat, kann ich mir nicht denken, aber im Augenblick ist nicht gut Kirschen essen mit ihm, und ich kann nichts Besseres tun, als Fräulein Vandeleurs Rate folgen.«

Da er zunächst der Gefahr entronnen zu sein glaubte, so trat er, da er nicht nur ohne Hut war, sondern auch seine Kleider auf der Niederfahrt durch den Kastanienbaum arg gelitten hatten, in den ersten Laden, wo er eine billige Kopfbedeckung kaufte und wenigstens den gröbsten Schaden seiner Toilette ausbessern ließ. Das immer noch in das Taschentuch gewickelte Andenken steckte er dabei in seine Hosentasche.

Aber kaum hatte er wieder ein paar Schritte aus dem Laden heraus getan, so fühlte er sich plötzlich gepackt, eine Hand fuhr ihm an die Kehle, ein wütendes Gesicht stand ihm dicht vor Augen, und ein aufgerissener Mund stieß ihm schauerliche Flüche ins Ohr. Es war der Diktator, der, als er auf seinem Wege keine Spur von dem gesuchten Wilde fand, auf einem andern Wege zu seiner Wohnung zurückkehrte. Franz war kein Schwächling, aber seinem Gegner weder an Kraft noch an Gewandtheit gewachsen, und so ergab er sich nach einigem fruchtlosen Sträuben auf Gnade und Ungnade seinem Widersacher.

»Was wollen Sie von mir?« sagte er.

»Davon wollen wir daheim reden,« erwiderte der Diktator voll Hohn.

Und er riß den jungen Mann mit sich fort, dem Hause mit den grünen Jalousien zu.

Doch Franz, der anscheinend jeden Widerstand aufgegeben hatte, wartete nur auf eine günstige Gelegenheit, durch einen kecken Fluchtversuch seine Freiheit wiederzugewinnen. Mit jähem Rucke sich losreißend, ließ er seinen Rockkragen in Herrn Vandeleurs Händen und lief zum zweitenmal, was er nur konnte, den Boulevards zu.

Jetzt lagen die Würfel anders. Wenn der Diktator der Stärkere war, so besaß dafür Franz in der Blüte seiner Jugend schnellere Füße und war bald nach Überholung anderer Straßengänger vor seinem Verfolger sicher. Von dieser dringendsten Sorge befreit, aber voll Bestürzung und Unruhe wegen seines letzten Erlebnisses, ging er schnellen Schrittes vorwärts, bis er auf den von elektrischen Lichtern tageshell beleuchteten Opernplatz gelangte.

Wenigstens damit, dachte er, würde Fräulein Vandeleur zufrieden sein.

Er wandte sich dann zur Rechten und trat nach einer Weile in das Amerikanische Café, wo er sich ein Glas Bier bestellte. Nur zwei oder drei Männer saßen im Gastzimmer zerstreut und vereinzelt an den Tischen, und Franz war zu sehr mit seinen eigenen Gedanken beschäftigt, um sie zu beachten.

Er zog das Taschentuch hervor. Der eingewickelte Gegenstand erwies sich als ein feines Lederfutteral mit goldenem Verschluß, der sich durch Druck auf eine Feder öffnen ließ und vor den Augen des entsetzten jungen Mannes einen Diamanten von unerhörter Größe und außerordentlichem Feuer enthüllte. Dies war etwas so Unbegreifliches und der Wert des Edelsteins so ungeheuer, daß Franz eine Weile bewußtlos dasaß und das Geschmeide anstarrte wie ein Mensch, der plötzlich seinen Verstand verloren hat.

Da legte sich leicht, aber fest eine Hand auf seine Schulter, und eine ruhige Stimme, die aber etwas Gebieterisches in sich hatte, ließ folgende Worte in sein Ohr und sein wieder zum Bewußtsein zurückkehrendes Hirn dringen:

»Machen Sie das Futteral zu und zeigen Sie ein gefaßteres Gesicht!«

Er schaute auf und gewahrte einen noch jungen Mann von vornehmem und ruhigem Wesen, der reich und doch einfach gekleidet war. Dieser Herr war vom Nebentische aufgestanden und hatte sich, sein Glas in der Hand, neben Franz gesetzt.

»Machen Sie das Futteral zu,« wiederholte der Fremde, »und stecken Sie es ruhig wieder in Ihre Tasche, wo es sich, wie ich fest überzeugt bin, niemals hätte befinden sollen. Versuchen Sie auch, bitte, eine weniger verstörte Miene zur Schau zu tragen, und tun Sie, als wäre ich ein Bekannter von Ihnen, den Sie zufällig getroffen haben. So! Stoßen Sie mit mir an! Das ist besser. Wir scheint's, mein

Herr, Sie betreiben die Beschäftigung nur aus Liebhaberei, nicht als Handwerk.«

Der Fremde begleitete diese letzten Worte mit einem eigentümlichen, vielsagenden Lächeln, lehnte sich in seinen Sitz zurück und tat mit Behagen einen kräftigen Zug an seiner Havanna.

»Um Gottes willen,« rief Franz, »sagen Sie mir, wer Sie sind und was das zu bedeuten hat. Warum ich Ihren merkwürdigen Zumutungen folgen soll, sehe ich gar nicht ein, aber es ist mir in der Tat heute abend so viel Sinnverwirrendes widerfahren, und alle Leute, mit denen ich zusammenkomme, benehmen sich so sonderbar, daß ich glaube, ich muß entweder den Verstand verloren haben oder auf einen andern Planeten geraten sein. Ihr Gesicht flößt mir zudem Vertrauen ein, Sie scheinen mir weise, gut und erfahren zu sein; um's Himmels willen, sagen Sie, warum Sie mir in so ungewöhnlicher Weise entgegentreten.«

»Alles zu seiner Zeit,« versetzte der Fremde. »Aber ich habe die Vorhand, und Sie müssen mir zuerst erzählen, wie der Diamant des Rajahs in Ihre Hände gekommen ist.«

»Der Diamant des Rajahs!« gab Franz zurück.

»Ich würde nicht so laut sprechen, wäre ich an Ihrer Stelle,« sagte der andere. »Aber ohne Zweifel haben Sie den Diamanten des Rajahs in Ihrer Tasche. Ich habe ihn wohl ein dutzendmal in Sir Thomas Vandeleurs Sammlung gesehen und in Händen gehabt.«

»Sir Thomas Vandeleur! Der General! Mein Vater!« rief Franz.

»Ihr Vater?« wiederholte der Fremde. »Meines Wissens hatte der General keine Kinder.«

»Ich bin ein außereheliches Kind,« versetzte Franz errötend.

Der andere verbeugte sich mit Würde und Achtung wie vor seinesgleichen, was Franz Erleichterung und Trost gewährte, er wußte selbst nicht, warum. Die Gesellschaft dieses Mannes tat ihm wohl; er glaubte endlich festen Grund unter den Füßen zu haben, und von hoher Achtung erfüllt, zog er unwillkürlich seinen Hut, wie wenn er sich in Gegenwart eines Vorgesetzten befände.

»Wie ich sehe,« sagte der Fremde, »sind Ihre Abenteuer nicht eben friedlich abgelaufen. Ihr Kragen ist zerrissen, ihr Gesicht ist zerkratzt, und Sie haben einen Schnitt an der Schläfe. Sie entschuldigen vielleicht meine Neugier, wenn ich Sie bitte, mir zu erklären, wie Sie diese Verletzungen erlitten haben, und wie es kommt, daß sich gestohlenes Gut von so ungeheurem Werte in Ihrer Tasche befindet.«

»Da muß ich Ihnen widersprechen,« entgegnete Franz hitzig. »Ich besitze kein gestohlenes Eigentum. Und wenn Sie den Diamanten meinen, so wurde mir dieser vor einer Stunde von Fräulein Vandeleur in der Lepicstraße gegeben.«

»Von Fräulein Vandeleur in der Lepicstraße!« wiederholte der andere. »Sie spannen mich mehr, als Sie glauben. Bitte, fahren Sie fort!«

»Himmel!« rief Franz.

In seiner Erinnerung machte er plötzlich eine Entdeckung. Er hatte gesehen, wie Herr Vandeleur von der Brust seines betäubten Besuchers einen Gegenstand nahm, und dieser Gegenstand war, wie er jetzt überzeugt war, ein ledernes Futteral.

»Es geht Ihnen ein Licht auf?« sagte der Fremde forschend.

»Hören Sie mich an,« versetzte Franz. »Ich weiß nicht, wer Sie sind, aber ich glaube, Sie sind vertrauenswert und hilfreich. Ich habe selbst den Grund unter den Füßen verloren, ich bedarf des Rates und Beistandes, und da Sie mich auffordern, so werde ich Ihnen alles erzählen.«

Und er berichtete mit kurzen Worten seine Erlebnisse von dem Tage an, da ihn die Advokaten von seinem Platz in der Bank zu sich riefen.

»Ihre Geschichte ist in Wahrheit merkwürdig,« sagte der Fremde, als der junge Mann zu Ende war, »und Ihre Lage ist schwierig und gefahrvoll. Mancher würde Ihnen den Rat erteilen, Ihren Vater aufzusuchen und ihm den Diamanten zu überreichen; doch meine Meinung ist anders.«

Hierauf ließ der Fremde den Wirt herbeiholen, der dem überraschten Franz mitteilen mußte, daß er die Ehre habe, mit Seiner Hoheit dem Prinzen Florisel von Böhmen zu sprechen.

»Und nun,« sagte der Prinz, nachdem er den Wirt mit gnädiger Handbewegung entlassen hatte, zu Franz gewendet, »geben Sie mir den Diamanten!«

Ohne ein Wort der Erwiderung überreichte ihm Franz das Etui.

»Sie haben recht getan,« sagte Florisel; »Ihr Gefühl hat Sie auf den rechten Pfad geführt, und Sie werden fernerhin Ursache haben, Ihr heutiges Mißgeschick zu preisen. Es mag einer, Herr Scrymgeour, in tausend Fährlichkeiten geraten, wenn aber sein Herz aufrichtig und sein Geist klar bleibt, so wird er aus allen mit fleckenloser Ehre hervorgehen. Beunruhigen Sie sich nicht länger, ich nehme Ihre Angelegenheit in meine Hand, und mit Gottes Hilfe bin ich stark genug, sie zu gutem Ende zu führen. Folgen Sie mir gefälligst zu meinem Wagen!«

Mit diesen Worten stand der Prinz auf und führte den jungen Mann vom Café ein Stück den Boulevard entlang bis zu einer Stelle, wo ein unscheinbarer Jagdwagen und ein paar Diener ohne Livree seiner harrten.

»Dieser Wagen,« sagte er, »steht zu Ihrer Verfügung; holen Sie Ihr Gepäck, worauf Sie meine Diener in ein Landhaus bei Paris bringen sollen, in dem Sie ein einigermaßen behagliches Unterkommen finden werden, bis ich Zeit gehabt habe, Ihre Angelegenheit in Ordnung zu bringen.«

Franz sprach in ein paar abgebrochenen Sätzen seinen Dank aus.

»Es wird Zeit sein, mir zu danken,« sagte der Prinz, »wenn Sie die Anerkennung Ihres Vaters und Fräulein Vandeleurs Hand gewonnen haben.«

Damit wandte sich der Prinz um und schlenderte behaglich dem Montmartre zu. Er rief die erste vorbeifahrende Droschke an, nannte eine Wohnung, und eine Stunde später klopfte er an Herrn Vandeleurs Gartentor.

Es wurde mit großer Vorsicht von dem Diktator persönlich geöffnet.

»Wer sind Sie?« fragte er.

»Sie müssen den späten Besuch entschuldigen, Herr Vandeleur,« erwiderte der Prinz.

»Eure Hoheit sind stets willkommen,« antwortete der Diktator, zurücktretend.

Der Prinz trat durch die geöffnete Türe, schritt, ohne auf seinen Wirt zu warten, vorwärts ins Haus und öffnete die Tür des Empfangszimmers. Dort saßen zwei Personen; die eine war Fräulein Vandeleur, mit verweinten Augen und von Zeit zu Zeit aufschluchzend, und in der andern erkannte der Prinz den jungen Wann, der ihn vor einiger Zeit im Klubhause wegen seiner Lektüre um Rat gefragt hatte.

»Guten Abend, Fräulein Vandeleur,« sagte Florisel. »Sie sehen müde aus. Herr Rolles, glaube ich? Ich hoffe, Sie haben Gaboriaus Werke mit Nutzen gelesen.«

Doch der junge Geistliche befand sich in einer zu üblen Gemütsstimmung, um Zu antworten; er verbeugte sich steif und fuhr fort an seiner Lippe zu nagen.

»Welchem guten Winde,« sagte Herr Vandeleur, der seinem Gaste gefolgt war, »habe ich die Ehre, die Anwesenheit Eurer Hoheit zu verdanken?«

»Ich komme,« antwortete der Prinz, »wegen eines Geschäftes, das ich mit Ihnen abzumachen habe; ist dies getan, so werde ich Herrn Rolles bitten, mich auf einem Spaziergange zu begleiten. Sie empfangen mich, Vandeleur,« fuhr der Prinz mit großem Ernste fort, »mit einem Lächeln, während doch Ihre Hände, wie Sie wissen, noch von ruchloser Tat befleckt sind. Ich wünsche nicht, daß man mich unterbricht,« fügte er gebieterisch hinzu. »Ich bin hier, um zu reden, nicht, um zu hören; und ich muß Sie bitten, mich nach Gebühr anzuhören und pünktlich Gehorsam zu leisten. Sobald als irgend tunlich soll Ihre Tochter in der Gesandtschaft mit meinem Freunde Franz Scrymgeour, dem anerkannten Sohne Ihres Bruders, vermählt werden. Sie werden mich verbinden, wenn Sie ihr nicht unter zweihunderttausend Mark mitgeben. Was Ihre eigene Person anlangt, so will ich Sie in einer bedeutenden diplomatischen Mission nach Siam senden, die Ihren Fähigkeiten entsprechen wird. Und nun werden Sie mir mit zwei Worten Antwort geben, ob Sie auf diese Bedingungen eingehen oder nicht.«

»Geht's nicht anders,« erwiderte der alte Mann zähnekirschend, »so unterwerfe ich mich; aber, ich sage es Ihnen unverhohlen, ohne Kampf wird's nicht abgehen.«

»Sie sind alt,« sagte der Prinz; »aber das Alter gereicht den Schändlichen nicht zur Ehre, und das Ihrige birgt weniger Weisheit als die Jugend anderer. Reizen Sie mich nicht, oder Sie möchten mich härter finden, als Sie sich träumen lassen. Es ist zum erstenmal, daß ich Ihren Pfad im Zorn kreuze; sorgen Sie, daß es auch das letztemal sei.«

Mit diesen Worten gab Florisel dem Geistlichen ein Zeichen, ihm zu folgen, verließ das Zimmer, schritt auf das Gartentor zu, und der Diktator, der hinter ihnen mit einem Lichte herging, öffnete die sorglich verschlossene Tür.

Ehe er zur Straße hinausschritt, wandte sich der Prinz um und sagte ernst zu Vandeleur: »Lassen Sie sich sagen, daß ich Ihre Drohungen wohl verstehe, und Sie brauchen nur die Hand aufzuheben, um sofort unheilbares Verderben über sich zu beschwören.«

Der Diktator erwiderte kein Wort. Als aber der Prinz ihm beim Scheine der Lampe den Rücken zukehrte, machte er gegen ihn, voll wahnsinniger Wut, eine drohende Bewegung, und im nächsten Augenblick schlüpfte er um die Ecke und rannte aus Leibeskräften dem nächsten Droschkenstand zu.

Prinz Florisel ging mit Herrn Rolles zu der Tür eines kleinen Gasthauses, in dem der Gottesmann Wohnung genommen hatte. Sie unterhielten sich lebhaft, und Rolles wurde von den Vorwürfen, die ihm der Prinz so ernst und doch zugleich so liebevoll machte, zu Tränen gerührt.

»Ich habe selbst mein Leben zugrunde gerichtet,« sagte er schließlich. »Helfen Sie mir! Sagen Sie mir, was ich tun soll, denn, ach, ich besitze weder die Tugenden eines Priesters noch die Gewandtheit eines Verbrechers.«

»Jetzt,« sagte der Prinz, »da die Demut in Ihr Herz gezogen ist, hört mein Eingreifen auf; die Reuevollen haben es mit Gott und nicht mit Fürsten zu tun. Darf ich Ihnen aber einen Rat geben, so gehen Sie als Kolonist nach Australien, suchen Sie körperliche Beschäftigung in frischer Luft und vergessen Sie möglichst, daß Sie je ein Geistlicher gewesen oder je Ihre Augen auf den fluchbeladenen Stein geworfen haben.«

»Ja, in Wahrheit, fluchbeladen!« versetzte Herr Rolles. »Wo ist er jetzt? Welches Verderben wird er noch weiter über die Menschen bringen?«

»Er soll kein Unheil mehr anrichten,« erwiderte der Prinz. »Er ist hier in meiner Tasche. Und diese Mitteilung zeigt Ihnen,« fügte er freundlich hinzu, »daß ich einiges Zutrauen zu Ihrer zwar noch sehr jungen Reue habe.«

»Lassen Sie mich Ihre Hand drücken,« bat Herr Rolles.

»Nein,« versetzte Fürst Florisel, »noch nicht.«

Der Ton, in dem er diese letzten Worte sprach, erweckte im Herzen des jungen Geistlichen ein freundliches Echo, und nachdem sich der Prinz weggewandt hatte, stand Rolles noch ein paar Minuten lang auf der Schwelle, indem er mit seinen Augen der verschwundenen Gestalt folgte und des Himmels Segen auf einen so trefflichen Berater herabflehte.

Mehrere Stunden durchschritt der Prinz die einsamen Straßen. Sein Geist war in Erregung. Was sollte er mit dem Diamanten tun? Sollte er ihn seinem Eigentümer zustellen, der ihm eines so seltenen Besitzes unwürdig schien, oder sollte er ihn ohne jede Rücksicht ein für allemal aus dem Bereich der Menschen entfernen? Diese schwierige Frage ließ sich nicht im Augenblick entscheiden. Die Art, wie das Geschmeide in seine Hände gekommen war, schien ihm offenbar ein Werk der Vorsehung zu sein, und als er das Juwel herausnahm, beim Scheine der Straßenlampe betrachtete und seine Größe und seinen wunderbaren Glanz sah, verstärkte sich in ihm nur noch mehr die Meinung von der verhängnisvollen und gefährlichen Wirkung des Edelsteins.

Gott steh mir bei! dachte er; wenn ich noch viel öfter darauf sehe, so wird schließlich auch in mir die Gier danach erweckt.

Zuletzt wandte er, obwohl noch immer unentschlossen, seine Schritte zu einem kleinen, aber prächtigen Gebäude am Steinufer, das seit Jahrhunderten das Eigentum seiner königlichen Familie gewesen war.

Als er sich der hinteren Tür näherte, trat ihm aus dem Schatten des Hauses ein Mann entgegen und sprach mit tiefer Verbeugung:

»Ich habe die Ehre, den Prinzen Florisel von Böhmen zu sprechen?«

»Das ist mein Titel,« lautete die Antwort. »Was wollen Sie?«

»Ich bin,« sagte der Mann, »Geheimpolizist und habe Eurer Hoheit dieses Schreiben vom Polizeipräfekten zu überreichen.«

Der Prinz nahm den Brief und überflog ihn beim Scheine der Straßenlaterne. Er war in den höchsten Wendungen abgefaßt, sprach aber das Ersuchen aus, dem Träger sofort auf die Präfektur zu folgen.

»Kurz,« sagte Florisel, »ich bin verhaftet.«

»Eure Hoheit,« versetzte der Beamte, »seien Sie überzeugt, nichts liegt dem Präfekten ferner. Sie sehen, er hat keinen Verhaftsbefehl ausgestellt. Es handelt sich um eine bloße Förmlichkeit oder, wenn Sie lieber wollen, um eine Gefälligkeit, die Eure Hoheit den Behörden zu erweisen gebeten werden.«

»Wenn ich es nun aber ablehne, Ihnen zu folgen?«

»Ich will Eurer Hoheit nicht verhehlen,« erwiderte der Beamte auf diese Frage mit einer Verbeugung, »daß mir in weitem Spielraum Vollmacht verliehen ist.«

»Auf mein Wort,« rief Florisel, »Ihre Dreistigkeit nimmt mich wunder. Ihnen, der nur ein Werkzeug ist, muß ich verzeihen, aber Ihre Vorgesetzten sollen für ihren Mißgriff schwer büßen. Haben Sie eine Ahnung davon, was die Veranlassung zu diesem verfassungswidrigen und unpolitischen Vorgehen gegeben hat? Beachten Sie wohl, daß ich bisher weder eingewilligt noch abgelehnt habe, und es wird viel von Ihrer sofortigen und befriedigenden Antwort abhängen. Vergessen Sie nicht, daß es sich hierbei um eine ernste Sache handelt.«

»Eure Hoheit,« sagte der Polizist ehrerbietig, »General Vandeleur und sein Bruder haben die unglaubliche Anmaßung gehabt, Sie des Diebstahls zu bezichtigen. Der berühmte Diamant, sagen sie, sei in Ihren Händen. Ein einziges Wort Ihrerseits wird dem Präfekten vollauf Genüge leisten; ja, ich gehe noch einen Schritt weiter. Wenn

Eure Hoheit einem Subalternen die Ehre antun wollen, mir gegenüber zu erklären, daß Ihnen von der Sache nichts bekannt sei, so würde ich sofort um die Erlaubnis bitten, mich wieder zurückziehen zu dürfen!«

Sobald er Vandeleurs Namen hörte, ward sich der Prinz der ganzen Unannehmlichkeit und Gefahr seiner Lage bewußt. Er war nicht nur verhaftet, er war auch schuldig. Was sollte er sagen? Was sollte er tun? Der Diamant des Rajahs war in der Tat ein fluchbeladener Stein, und es schien, als sollte er selbst sein letztes Opfer sein.

Eins stand fest. Er konnte dem Beamten die gewünschte Versicherung nicht geben. Er mußte Zeit gewinnen.

Sein Zögern hatte keine Sekunde gedauert.

»Sei es denn,« sagte er, »wir wollen zur Präfektur gehen.«

»Wir sind jetzt,« sagte Florisel nach einigen Schritten, »mitten auf der Brücke. Lehnen Sie sich auf die Brüstung und schauen Sie hinüber. Wie das Wasser dort unten dahinrauscht, so spülen im Leben Leidenschaften und Verwicklungen die Ehre schwacher Menschen mit sich fort. Hören Sie eine Geschichte!«

»Wie Eure Hoheit befehlen!«

Und der Beamte lehnte sich, dem Beispiele des Prinzen folgend, gegen die Brüstung und lauschte der Erzählung.

Schon war die gewaltige Stadt in Schlummer gesunken, und ohne die zahllosen Lichter und die vom sternhellen Himmel sich abhebenden Umrisse der Gebäude hätten die beiden glauben können, sich an einem einsamen Flusse auf dem Lande zu befinden.

»Ein Offizier,« begann der Prinz seine Erzählung, »ein mutiger, tüchtiger Mann, der bereits einen hohen Rang erklommen und sich nicht nur Bewunderung, sondern auch Achtung erworben hatte, besichtigte in einer für seinen Seelenfrieden verhängnisvollen Stunde die Sammlungen eines indischen Fürsten. Hier erblickte er einen Diamanten von so außerordentlicher Größe und Schönheit, daß er von diesem Moment an nur noch einen Wunsch im Leben hatte: Ehre, Ruf, Freundschaft, Vaterlandsliebe, alles war er bereit, für dieses Stück funkelnden Kristalls zu opfern. Drei Jahre diente er dem halbbarbarischen Machthaber, wie Jakob dem Laban diente; er fälschte Grenzlinien, er ließ Mordtaten geschehen, er verurteilte ungerechterweise einen Kameraden zum Tode, der das Unglück hatte, durch freimütige Äußerungen das Mißfallen des Rajahs zu erregen, endlich verriet er zu einer Zeit, als sein Vaterland in großer Gefahr war, eine Abteilung englischer Soldaten, so daß ein paar tausend besiegt und hingeschlachtet wurden. Am Ende hatte er ein gewaltiges Vermögen zusammengescharrt und konnte auch den begehrten Diamanten mit in sein Heimatland nehmen.

Jahre vergingen,« fuhr der Prinz fort, »und schließlich geht der Edelstein verloren. Er fällt in die Hände eines einfachen, fleißigen Jünglings, eines Kandidaten der Theologie, der soeben eine Laufbahn antritt, die ihn zu nützlicher und bei seinen Gaben sicher hochbefriedigender Tätigkeit führen soll. Auch er gerät in den Zauberbann des Steines; er läßt alles im Stich, seinen heiligen Beruf, seine Studien und flieht mit dem Juwel in ein fremdes Land. Der Offizier hat einen Bruder, einen verschlagenen, verwegenen, vor keinem Mittel zurückschreckenden Mann, der das Geheimnis des Geistlichen erfährt. Was tut er? Sagt er's dem Bruder, oder meldet er's der Polizei? Nein, auch er ist dem teuflischen Reize verfallen, er muß den Stein selbst besitzen. Auf die Gefahr, einen Mord zu begehen, betäubt er den jungen Priester und bemächtigt sich der Beute. Und nun kommt das Juwel durch einen Zwischenfall, der für die Moral meiner Geschichte keine Bedeutung hat, in die Verwahrung eines andern Mannes, der das Kleinod, von seinem Anblick erschreckt, einem Wanne in hoher Stellung und von unantastbarer Ehre gibt.

Der Offizier heißt Thomas Vandeleur,« fuhr Florisel fort. »Der Edelstein ist der Diamant des Rajahs. Und« – plötzlich seine Hand öffnend – »hier sehen Sie ihn vor Ihren Augen.«

Der Beamte fuhr mit einem Aufschrei zurück.

»Für mich ist dieser Klumpen von leuchtendem Kristall,« fuhr der Prinz fort, »so ekelhaft, als wäre er von Leichenwürmern erfüllt; er entsetzt mich, als bestände er ganz aus unschuldig vergossenem Blute. Ich sehe ihn hier in meiner Hand, und ich weiß, es brennt in ihm ein höllisches Feuer. Ich habe Ihnen nur den hundertsten Teil seiner Geschichte erzählt; was sich in früheren Zeiten zutrug, zu welchen Verbrechen und Verrätereien er vormals die Menschen anreizte, das auszudenken sträubt sich die Einbildungskraft. Unendliche Jahre lang hat er den satanischen Wächten treu gedient. Es ist, sage ich, nun endlich genug des Blutes, genug der Schande, genug der zertretenen Leben und verratenen Freundschaften. Alles hat sein Ende, das Böse wie das Gute, die Pest so gut wie schöne Musik; und was den Diamanten betrifft, so vergebe mir Gott, wenn ich unrecht tue, aber seine Herrschaft endet in dieser Nacht.«

Der Prinz machte eine plötzliche Bewegung mit seiner Hand, und das Juwel, dessen Bahn ein Lichtbogen bezeichnete, tauchte platschend ins Wasser.

»Amen!« sagte Florisel ernst. »Ich habe einen Basilisken erschlagen.«

»Gott verzeih' mir!« rief der Geheimpolizist. »Was haben Sie getan? Ich bin verloren!«

»Ich glaube,« erwiderte der Prinz lächelnd, »viele wohlhabende Leute in dieser Stadt würden wünschen, ebenso verloren zu sein.«

»Ach, Eure Hoheit!« sagte der Beamte; »was tun Sie mit mir! Sie werden mich am Ende doch bestechen.«

»Es scheint weiter nichts übrigzubleiben,« entgegnete Florisel. »Und nun vorwärts zur Präfektur!«

Nicht lange darauf wurde die Hochzeit Franz Scrymgeours und des Fräuleins Vandeleur in aller Stille gefeiert, wobei der Prinz als Brautführer mitwirkte. Den beiden Vandeleurs kam ein Gerücht von dem Schicksal des Diamanten zu Ohren, und ihre großartigen, aber ganz ergebnislosen Tauchversuche in der Seine bereiteten den schaulustigen und erstaunten Parisern viel Vergnügen.

Über tredition

Eigenes Buch veröffentlichen

tredition wurde 2006 in Hamburg gegründet und hat seither mehrere tausend Buchtitel veröffentlicht. Autoren veröffentlichen in wenigen leichten Schritten gedruckte Bücher, e-Books und audioBooks. tredition hat das Ziel, die beste und fairste Veröffentlichungsmöglichkeit für Autoren zu bieten.

tredition wurde mit der Erkenntnis gegründet, dass nur etwa jedes 200. bei Verlagen eingereichte Manuskript veröffentlicht wird. Dabei hat jedes Buch seinen Markt, also seine Leser. tredition sorgt dafür, dass für jedes Buch die Leserschaft auch erreicht wird.

Im einzigartigen Literatur-Netzwerk von tredition bieten zahlreiche Literatur-Partner (das sind Lektoren, Übersetzer, Hörbuchsprecher und Illustratoren) ihre Dienstleistung an, um Manuskripte zu verbessern oder die Vielfalt zu erhöhen. Autoren vereinbaren direkt mit den Literatur-Partnern die Konditionen ihrer Zusammenarbeit und partizipieren gemeinsam am Erfolg des Buches.

Das gesamte Verlagsprogramm von tredition ist bei allen stationären Buchhandlungen und Online-Buchhändlern wie z. B. Amazon erhältlich. e-Books stehen bei den führenden Online-Portalen (z. B. iBookstore von Apple oder Kindle von Amazon) zum Verkauf.

Einfach leicht ein Buch veröffentlichen: **www.tredition.de**

Eigene Buchreihe oder eigenen Verlag gründen

Seit 2009 bietet tredition sein Verlagskonzept auch als sogenanntes "White-Label" an. Das bedeutet, dass andere Unternehmen, Institutionen und Personen risikofrei und unkompliziert selbst zum Herausgeber von Büchern und Buchreihen unter eigener Marke werden können. tredition übernimmt dabei das komplette Herstellungs- und Distributionsrisiko.

Zahlreiche Zeitschriften-, Zeitungs- und Buchverlage, Universitäten, Forschungseinrichtungen u.v.m. nutzen diese Dienstleistung von tredition, um unter eigener Marke ohne Risiko Bücher zu verlegen.

Alle Informationen im Internet: **www.tredition.de/fuer-verlage**

tredition wurde mit mehreren Innovationspreisen ausgezeichnet, u. a. mit dem Webfuture Award und dem Innovationspreis der Buch Digitale.

tredition ist Mitglied im Börsenverein des Deutschen Buchhandels.

Dieses Werk elektronisch lesen

Dieses Werk ist Teil der Gutenberg-DE Edition DVD. Diese enthält das komplette Archiv des Projekt Gutenberg-DE. Die DVD ist im Internet erhältlich auf **http://gutenbergshop.abc.de**

Zeitfracht Medien GmbH
Ferdinand-Jühlke-Straße 7
99095 Erfurt, Deutschland
produktsicherheit@kolibri360.de